保鑣女仙我最威!!

竹某人◎作　MO子◎繪

芙蓉仙傳

U0073784

芙蓉

因天地靈氣而生的崑崙女仙，受眾神寵愛。她個性活潑愛撒嬌，有時很少根筋，所以常在煉丹時炸了丹爐、煉藥時煉出毒藥，成功率奇低且破壞力驚人的後果（曾炸過瑤池金殿、天宮九龍池、東華臺偏殿）讓自己欠下大筆的修繕費用，被仙界巨頭們密謀踢下凡，以歷練之名工作抵債。

李崇禮

當朝的五皇子，封寧王。他處事淡然低調，對朝廷事沒興趣，對皇位沒有執念，在宮廷中和母親賢妃是弱勢的存在。他是宮中發生詛咒事件的受害人之一，因前世積善積德，今世應該享福一世安穩，故助他渡劫被九天玄女説成是簡單任務。

東王公

仙界東方蓬萊仙島的主人，居於東華臺，統率紫府以及所有男仙，上司是玉皇，並與地府主事者有深厚的關係。沒人能從他淡然的微笑下知道他在想什麼，興趣是無聲的出現在熱鬧場合中，觀看旁人發現他時的反應。對待芙蓉，似乎帶點莫名情感。

人物介紹

打工女仙我最大！芙蓉仙傳

塗山

修行達千年的九尾狐，外貌姣好妖媚，由於某種原因，長居於後宮賢妃的宮殿中，且十分用心的保護賢妃及李崇禮的安全，在仙界及地府有不錯的人脈。他毫不排斥化形為女人，似乎還很樂在其中，時常把後宮的宮鬥情節當戲看，有時會作弄看不順眼的後宮妃子。目前喜歡上逗弄芙蓉和調戲潼兒。

潼兒

原是東華臺服侍東王公的仙童，未來紫府的後補勞動力，目前被派到芙蓉身邊，處於侍童、玩伴、出氣筒、好姐妹等等的角色。本以為芙蓉下凡後他能有一段平安日子，但事與願違的被東王公派了下凡，開始他欲哭無淚的凡間生活。

芙蓉仙傳

保鑣女仙我最威！

目錄

—
活跳跳的人參
能吃嗎？

盛夏的正午，王府正苑中一個布棚下，有一抹人影正忙碌的幹活。

別人是鋤禾日當午，布棚下的人倒沒種出一大片的稻田，這小小的布棚空間只種了一些看上去平平無奇的綠色植物，沒有什麼特別漂亮的花朵，也沒有特別怡人的香氣，遠看還給人雜草叢生的錯覺。

別人不理解這小農圃的好不打緊，芙蓉自己明白就可以了。今天她忙著為農圃裡的重要煉丹原材料除除雜草，現在天氣熱，有些葉子不幸被曬黃了，她也得好好修剪一下。

這個原本應該是花園一角的空間，現在已經成為芙蓉的園藝小天地，原有花圃的範圍被整理成農圃，架起了一個擋著烈日的布棚，下面不知從哪裡移植了一叢叢綠色、淡紫色、紅色的又是花又是葉的植物，才短短的時間，從看不出是什麼的幼苗一下子長得茂盛，植株的大小完全不像正常生長能養出來的。

佔地不小的農圃位於正苑後方，萬一有客人來也不會進正苑就看得見。根據霸佔此地的女仙說這裡閒人少，陽光好，加上空氣流通，是種什麼都行的好地方。

結果她就把花圃變成農圃，實行鳩佔鵲巢了。

「芙蓉！」

「我在！」一隻袖子挽起了一半的雪白玉手從植物叢中舉起，然後是一張沾了少許泥巴的美少女容顏。「誰找我？」

聽到呼叫自己的聲音，埋頭在農圃中的少女動作有點僵硬的慢慢站起身，然後關節發出一陣咯咯聲才完全站得直身子。

「不行了，蹲低起身見頭暈，身體大不如前了。」

雙手扶著後腰，芙蓉關節明顯還不能活動自如，見她艱辛的轉著腰做著老人操，期間還傳出可疑的咯咯聲音，剛才出聲叫人的塗山不禁抽了抽嘴角。

「骨頭都發硬才是正常反應吧！妳已經蹲在那裡一整個早上了，站起來不見暈妳就是怪物！」

孫明尚的存在問題解決了之後，塗山重新回復他的自由身，不用每天裝成王妃的樣子窩在王府裡，雖然當事人說不用幻化成王妃少了一點樂趣，但看他現在隱身起來自由自在的樣子，沒有人會說他找不到別的生活樂趣來。

孫明尚在宮裡出了事之後，寧王府的主人對外稱病，沒有踏出過王府一步，只有在孫明尚喪禮那天有露過面。

沒有人膽敢質疑李崇禮的病是真是假。前前後後加起來，李崇禮稱病已經有三個月了，雖說他

在朝廷中是個閒職，有沒有他並不重要，但時間也未免長了一點。

「我還以為是誰找我，原來是你呀，塗山。」轉了轉脖子，總算讓關節能正常活動後，芙蓉看向發出聲音的方向，當看到一身古風打扮的塗山，她露出一副被打擾了很不爽的神情，但還是很合作的離開了這個詭異的農圃。

四周張望了一下，確定歐陽子穆這種自由出入正苑的人物都不在後，芙蓉飛快的動了點小法術把身上的泥巴都清理掉。

就算是個玩泥巴的少女，出來見人還是會喜歡乾乾淨淨的。

塗山看向芙蓉和她身後的植物，他的道行也不是白修回來的，這些東西種下沒半個月，即使得天獨厚的全部成功發芽生長也不會長得這麼巨大，而且農圃附近的靈氣明顯濃郁了很多，即使芙蓉已經事先設下隔離法術，他仍能感覺到瀰漫四處的濃郁靈氣。

這丫頭肯定在泥土下埋了聚靈陣！

「潼兒待在王爺那邊，不是我還會有誰？妳放在房間內的那些盆栽有異動，妳到底都種了些什麼？把這裡當成妳的私人實驗場了嗎？」塗山雙手收在袖中抱在胸前，一雙媚眼充滿狐疑的看著芙蓉回頭在農圃拔了一手山草藥出來。

這堆植物看上去雜亂至極，根本分不清種類。

「什麼實驗，我是很認真在種的！有不少已經可以收成，到煉成大補丸後我不會吝嗇到不分你一點的。」芙蓉揮了揮手上的農作物，心想雖然在凡間找到的材料不足以煉成仙界那些仙丹靈藥，但一般那些大補丹、大還丹、起死回生丹，對她來說應該是小菜一碟！

再說，若真煉不成丹，她把這裡養得健健康康的草藥熬成湯藥給李崇禮灌下去，也可以強身健體呀！

「等妳能煉出不毒死人的東西再說吧！先去處理妳種在房間的東西。」

塗山對芙蓉口中說的大補丹不予置評。在皇宮的時候，他是真的喝下了一杯加料的茶，回來後不得已休息了一陣子，休息期間他還研究過芙蓉從白山樓帶回來裝著混有蠱毒的黑玉瓶子。可惜蠱毒他真的不在行，但這無所謂，本來就只是抱著看看的心態，除此之外他倒是從潼兒口中把芙蓉的煉丹史聽了個七七八八。

芙蓉在華東臺的傑作，潼兒是以第一線受害人的角度陳述，而在此之前，芙蓉在崑崙仙山及天宮中的豐功偉業，他也用中肯的角度說了。

聽了這麼多，塗山對眼前這個農圃及大補丹，只會用看危險品的眼光去看。

這一整個農圃根本就是一堆殺人草藥！

可怕的是，這些在潼兒和塗山眼中是殺人藥草的東西在芙蓉眼中卻是寶貝，她一邊走一邊盤算著，現在天氣炎熱，應該熬一鍋百草茶或是酸梅湯消消暑氣，她手上有些材料正好合用，熬出來一定比在外面買的材料要質優味美！

芙蓉一整副心思在都等一下要熬的百草茶上，走了一半，見塗山臉上的表情不是太自然，她才想起還沒問那些放在偏屋的盆栽出了什麼事。

「我養在那邊的人參怎麼了？」

「妳確定那些在泥土中掙扎想爬出來的東西真的是人參嗎？」塗山的臉色又再怪異了一點，語氣十分狐疑的再三確認。

「是人參呀！只是用了點天地靈氣養養罷了。」芙蓉肯定的點點頭，她記得很清楚自己養在房間裡的東西是什麼，每個盆子她都小心的標上了品種的名字，相剋的東西也沒放在一起，那可是她打算用來抵債的重要寶貝呀！種下去後她每天都悉心照顧，絕不能養死的。

「那種會動的人參，妳不會也打算切了煮給李崇禮吃吧？妳是任務不想幹了想直接毒死他嗎？」聽到那真的是人參，塗山臉皮再厚、修為再高，也不得不擺出一副受不了的表情。

會動的人參還是人參嗎？那種東西都要成精了吧！說不定今天掙扎著要從土裡爬出來，明天就會張開嘴巴咬人了！

他真是小看芙蓉了！沒想到這個女仙竟然會養出這麼詭異的植物，而且用天地靈氣養參是容易的嗎？就算以他的修為，也沒辦法聚集到能養成人參精的靈氣啊！

「你應該說是仙參了吧，這種東西別人求都求不著呀！你以為我在種烏頭等著熬附子湯呀！人參能食死人嗎？」芙蓉為自己的寶貝人參抱不平，那是好東西呀！竟然被人說成是會吃死人的危險植物！

「妳種這種怪東西來做什麼？」

「工作呀工作！我也不可以一直待在李崇禮這裡游手好閒，所以得空就要著手處理一些簡單的工作呀！」

講到「簡單的工作」一詞，芙蓉心裡有著無限的怨念，仔細的把整本工作單看完一遍之後，芙蓉簡直覺得李崇禮的工作是本子中前十大麻煩的案子！

相比去抓個什麼溫馴寵物型仙獸、採集幾株千年參王、幫洞府的真君們送送信跑跑腿的差事，保李崇禮渡一劫不但費時間、當中不穩定因素又多、危險度也高了不知多少倍！與前面那幾項工作相比，李崇禮的差事是簡單的嗎！

九天玄女竟然說這是很簡單的工作，而且讓從沒下凡經驗的她第一個工作就幹這個！這無疑是草菅人命！這麼危險又複雜的工作讓她來做，不只是拿她的小命開玩笑，更是拿李崇禮的命開玩笑呀！即使是九天玄女的惡趣味，這也太過分了吧！

「種人參是工作？」有點無法想像那些仙人竟然會發出這種工作來。

「嗯。太白金星給的工作是替他挖幾株好的千年人參，我沒時間去深山挖，給他養幾株仙參還是有辦法的。」

塗山沉默了起來，這種工作真的是象徵性懲罰一下芙蓉罷了，連皇宮一年也能讓附屬國進貢幾株所謂的千年人參，芙蓉真的要找又有何難？這位太白金星真是疼芙蓉呀！

塗山隨著芙蓉回到正苑那間被他們霸佔了的偏屋。

因為芙蓉和潼兒有丫鬟的偽裝身分，晚上睡覺他們都會回丫鬟們的通鋪，所以這個房間除了是他們平日下午用來小休外，已經變成塗山一個人在用的寢室，而最近又新增了一個功用，就是芙蓉養見不得人的植物的祕密基地。

一推開門，芙蓉眼明手快的往前一抓，一株跳躍中的人參就被她牢牢抓住。幸好異變的人參還沒進化到可以張開有尖牙的嘴巴和發出尖叫，它被芙蓉抓住後就乖乖的沒有再動，像極了一株普通的植物。

「長得很精神，看來可以當成品送回去了。」芙蓉的大眼睛閃過一陣狡黠，視線再掃向另外幾盆在裝死的人參。

「我只覺得很恐怖。」塗山由衷的發表感想。

只見芙蓉把手上的草藥往他懷裡一塞，然後一手抓著一株會動的人參，一手變出一個玉盒子，眼明手快的一手一株人參拔起就往玉盒裡塞，一個玉盒塞了五株後又換另一個新的塞了兩株，總共養成的七株人參簡簡單單就被採收完畢了。

收了五株人參的玉盒，芙蓉嚴陣以待的再用一條綑仙索綁住，這樣裡面的五株人參再掙扎也沒可能掙脫出來了。

「剩下的兩株留給李崇禮用，接下來的事說不定會有用到的機會。」芙蓉把裝了兩株人參的玉盒收好，心裡其實盤算著一株留來備用，另外一株當成煉丹的材料。

整理完手邊的人參，芙蓉又想到一件事，「聽說王妃的事已經通知孫將軍了……看來等他到了京城，又會是個麻煩的開始，到時候說不定李崇禮天天得含一片人參補氣。」

「妳這是在咒他嗎？含人參片不是用來吊命的嗎？」塗山忍不住伸手輕輕戳了芙蓉的額頭一下。誰不去咒，偏偏在他面前咒李崇禮用人參吊命，簡單是叫壽星公去上吊自殺一樣。

「人參是補品。」芙蓉一臉無辜，她發誓她絕對沒有咒李崇禮的意思呀！

「就不定真的被妳說中早晚會用到。」塗山微微嘆了口氣，抬眼看了看屋外天空中的太陽。

由初夏步入盛夏的這一個月，李崇禮雖然避見任何人，連皇帝皇后捎來的問候、賢妃的關切，他都只是淡淡的應對。

一個月了，感覺最近他總算是對孫明尚的死完全的接受了。時間比塗山預計的還長，本來以為他們兩夫妻沒什麼感情基礎，心傷黯然幾天就沒事了，想不到李崇禮卻比他想像的更在意這件事。

「過幾天是初一，踏入七月了。李崇禮說要回朝了吧？」

收拾完那堆人參，芙蓉又看了一下養在房間內的其他盆栽，甚至有一個看似快發霉的角落上放了一條橫木，上面正在養靈芝。

到底為什麼光是放房間的角落就能養出靈芝，塗山決定不再問了，連芙蓉現在擺弄中的那些根莖植物是什麼他都不想知道。

沒有人會想知道自己到底和一堆什麼怪東西待在同一個房間！人不會想，狐仙也是一樣，他也是有一顆纖細的心呀！要不是他及時發現那些人參的異狀，晚上他休息的時候說不定就會被人參近距離的反觀察了。

「那個歐陽子穆這幾天來得也很頻密，雖說李崇禮在朝中是閒職，但閒得來也有要幹的事，回朝前也得打點準備一下。」塗山說道。

「的確是呢！不然出了什麼差錯又會被人抓小辮子。那李崇禮在朝廷到底是做什麼的？」抓回塞到塗山手中的山草藥，芙蓉快速的放到桌上分類整理，不夠好的部分摘掉，只留好的。

塗山嘴邊的習慣性微笑僵了一僵，前半部分大家像是都很清楚李崇禮的事情而產生的對話，芙蓉待在這王府中也已經月餘，可她剛才好像問了一個不應該現在才問的問題吧！

李崇禮在朝廷是做什麼的？

即使他這陣子一直稱病請假，即使他做的是閒職，芙蓉妳來了這麼久也該知道他除了是皇子、是寧王之外，還應該知道他是幹什麼的吧！

塗山是很想這樣吼芙蓉的，但後者一臉好奇寶寶的神情，吼她恐怕也得不到他想要的效果，說不定芙蓉的回答還會活生生的氣死他！

例如「我沒問他也可以說的呀！」如此之類的回答。

想到這裡，塗山發覺自己越來越瞭解芙蓉了，而自己平日的從容每天都被挑戰，耐性說不定在不知不覺中昇華了不少。

「你怎麼不說話了？塗山你也不知道嗎？」

「我想我們三人中就只有妳不知道。李崇禮在禮部有個閒職，掛名那種，沒有外使和大典的情況下他偶爾回去坐坐、露露面就可以了。」

「哦！是這樣嗎？」芙蓉點了點頭，這種情況在仙界也很常見，在天宮，沒有官職的仙人隨手也能撈到一堆。

「不然妳以為是怎樣？」

「也沒什麼，閒職不用天天上朝就最好。七月要來了，我最不喜歡的就是七月，中元節一到，仙界、地府都會忙得雞飛狗走，塗山你說我要不要事先請真人來跳鍾馗？」芙蓉嘟著嘴問道。

「別玩了。鍾馗七月會很忙吧？」面對芙蓉認真的提問，也知道她是真的怕地獄的事物，塗山才勉為其難壓下取笑她的衝動。

叫鍾馗來表演真是想找死！

「他要幫著地府抓鬼。」

「妳討厭七月的原因不是仙界會很忙，而是因為七月等於是地府專屬的節日吧？」

「才不是，中元節是水官大帝的節日。」芙蓉心虛的別開視線，被說中了心事不止，偏偏是被和地府十王中人有良好關係的塗山說中！

七月鬼門大開，那等於什麼？等於地府中的鬼蜂湧而出呀！

這也算了，它們找自己麻煩的話，給點苦頭吃就成，但是為了看管這些因為鬼門開放而來到凡間的陰魂，地府那些大人物這個月可是會一個不漏的跑上來坐鎮，以前她待在仙界是不用擔心，但七月在凡間遇上地府十王的機會大大增加了呀！

加上塗山說從秦廣王口中聽到東嶽帝君為了孫明尚沒帶到地府報到的事而暴怒，七月時說不定還沒到地府報到的孫明尚會冒出來，地府不會放棄這個抓住她的機會的！

「妳的表情已經出賣妳了。說說看，十王之中妳想見哪個？我幫妳約就是呀！」

「不見！地府的我一個都不想見！」

※　　※　　※

一封八百里加急書信從京城快馬加鞭送到西南邊陲，當這匹快馬所揚起的沙塵還有騎士背上帶著的旗子清晰的出現在地平線上時，軍營轅門前已經發生輕微的騷動。

現在邊境無戰事，雖然不時仍會和邊疆民族有零星的衝突，但這些大都只是小事，遠不到能放大到檯面上的程度，大部分的衝突連軍隊也不需出動，光是讓一個將領帶一小隊人去談判便足以解決。

只要當今天子不打算對外開疆闢土的話，西南夷族的威脅遠比北方來得少，而西北邊境對外的草原住民民風剽悍，這些游牧民族雖是以放羊為生，但他們的性子絕不像那些羊群溫馴，礙於環境因素他們時時刻刻想著辦法向南伸展，故此鎮守西北的將軍天天都想盡辦法對付這些蠢蠢欲動的外族，既不能把局面推向戰爭，又不能丟了朝廷的面子。

要是坐鎮西北的軍營收到八百里加急書信不會覺得是出奇的事，那邊三天兩日就會傳一次加急信通報情況，但西南方的情況就完全相反了。

一封從朝廷來的加急文書，不論內容好壞，已經足以造成震撼。

傳信的士兵剛進了軍營的主帥府大門，軍中的大小將領無一不擺出一臉凝重的趕著跟過去，他們所有人心裡不禁猜想：是不是朝廷對西南的部署有變，特地傳旨調軍？或是體恤他們戍邊有功，下旨勞軍？

兩者相比自然是後者比較好，戍邊的士兵們待在這裡也好些年了，不少士兵多年沒回家鄉，思鄉情緒十分強烈。

就這樣，一封加急文書給了西南邊關的兵將們又擔心又期待的心情。

但沒想到消息還沒傳出多遠，軍中的參謀和主簿們也還沒被大將軍召進主帥府，主帥所在的書房卻已經傳出了一聲沖天般的咆哮。

聲音既憤怒又帶著哀痛，就像是受到重傷的獸類般的吼叫，嚇得經驗尚淺的小將們不由得心怯了一下。

「豈有此理！」

這聲屬於鎮守西南邊境的第一大將軍的怒喝，讓各大小將領下意識的縮了脖子，見形勢不對勁，絕對不是八卦的時候，他們快速的從書房前散去，心怕走慢一點也會被盛怒的將軍引起的颱風尾掃到。

鎮守西南的大將軍孫又臣在軍中威望不低，從他父親到他自己也成功的在軍中建立了不錯的人脈，但駐軍在外，他們很清楚擁兵者和不同勢力瓜葛太多會招朝廷側目，平日避嫌謹慎，因此多年來麾下將領的調動或是朝廷派來的監軍都對孫將軍沒有任何負面意見。

除了潔身自愛，孫將軍的領兵能力著實不差，現在西南的平靜也是他早年用血汗打下的，有能力也會照顧下屬，這樣的上司難能可貴，軍中不少新人都以仰望的姿勢來崇拜孫將軍。

而現在大概會在崇拜之餘又加添多點敬畏吧！能吼得那麼大聲又中氣十足也不是人人做得到。

「將軍請息怒！」

本想在門外多聽點情報的將領們因為距離遠了，只聽到某位平日時刻跟在將軍身邊的參謀用心良苦不停勸著將軍，一句句息怒、一聲聲別衝動，聽得門外的人心驚膽跳。

朝廷加急送來的信到底是寫了什麼把將軍刺激到這個地步？

互相交換著視線，但可能性太多了，眾人都沒有頭緒。

他們在外邊越聽越心驚，連跟隨將軍很久的將領都開始懷疑，孫大將軍是不是看了那加急文書後萌生擁兵造反的念頭，要不然為什麼參謀連大義、君臣之類的字眼都搬出來勸了？

大家你看我、我又看你，誰都沒開口，但都在心裡生了個不好的念頭。

將軍家的獨生女可是嫁進了京城寧王府的呀！都已經是皇親國戚了，不會是想反吧？聽說京中

太子之位爭得很厲害，不會是寧王出了什麼事連累了大將軍吧？

這個疑問是最多人考慮到的。戍邊的將領，朝廷看得順眼就誇一句勞苦功高，看你不順眼疑心大的就扣一個擁兵自重、心懷不軌的罪名。

現在皇子爭奪儲君之位，孫將軍沒有選擇餘地的必須站在寧王身後，沒道理幫著自己女婿以外的人，但寧王這位皇子在這些將領的印象中就如一個隱形人一樣。想來想去都沒有多少和他有關的傳聞，既在朝中不顯眼，也沒有做過什麼令人印象深刻的事。

他們一年回京述職一次也不是全部人一起去的，即使回京面聖了，在朝堂上也不一定會見到所有的皇子，更何況五皇子寧王是出了名的低調，要是碰著他上朝那就能看到一眼，一退朝他就回王府去了，從不會逗留和官員們拉關係。

再說，寧王在朝中的職位是掛名的，掛名在禮部中不到有什麼非動用皇親名位的事，也不需要寧王勞心勞力。要是因為這個寧王害孫將軍一起栽下去，恐怕西南邊陲真的軍心會不穩。

要是朝廷換派誰來替換了孫將軍的位置，這幫跟了孫將軍多年的部將也一定不甘心，搞不好帶頭的不想反，但小的這邊卻急著要反了。

在這惶恐不安的氣氛下，書房緊閉的門緩緩打開，出來的是剛才在裡面苦苦相勸的參謀杜若。

輕輕的關上門轉過身，杜若立即看到眾位沒任務在身的將領都縮在柱子後或轉角位探消息，他不禁皺了皺眉，然後打了手勢讓這幫將領跟著他遠離將軍所在之處。

「杜參謀你不必隱瞞我們，是不是將軍出事了？」

「你們全都不許衝動，事情也不是你們這幫粗線條想的那樣。」

杜參謀有點想塞住自己的耳朵，雖說從軍的不一定是粗人，但粗人的比例永遠都是佔多的那邊，加上這幫漢子在邊境習慣了和下屬粗著脖子吼，亦時常和那些鬧事的邊境民族鬥大聲，要是在將軍的書房門前和他們說話，不用花功夫讓人傳話，將軍也能聽得一清二楚了。

好不容易把將軍的心情勸回接近冷靜的水平，要是這幫熱血漢子在他面前多吼幾句，孫將軍心頭的怒火受到煽動，讓將軍在缺乏冷靜下做出不智的決定就糟了。

「那到底是什麼事朝廷要用八百里快馬送來？若不是重要的事，將軍怎會氣成那樣？我們怎可能不擔心！」

這些牛高馬大的將領一個個正氣凜然的把杜若圍了起來，身材不及他們高壯的杜若抬頭，只看到一張張凶神惡煞的臉。

杜若頭大了，把事情說出來之後，他有辦法壓得住這幫粗人嗎？雖然他作為參謀在將領當中也有點面子，但是這幫人熱血起來聲勢可是很難應付的呀！至少他一個人的聲量是絕對沒可能壓制得了他們。

「總之不是兵部來的公文，你們可以安心一點了吧？現在給將軍一點時間靜靜，先別打擾他比較好。」杜若盡最大的努力安撫眾人，書信的內容他沒有將軍的首肯實在不敢說漏嘴，現在他是左右為難，看他一說完那一張張嘴又此起彼落的追問，噴得他滿頭滿臉都是口水了。

「不是兵部的？那將軍為什麼會氣成這樣？」

「我們要知道真相！參謀你少耍嘴子，我們不吃這一套！」

這群將領又鼓譟了起來。雖然能當上將領除了武勇之外頭腦也不能太差，但這幫男人想計策打仗就會，考慮朝廷那些彎彎曲曲的心思就不是他們的強項了。

這群帶兵的一拉起大嗓門，杜若一個人的聲音就被蓋了下去。

主帥府屬於守軍辦公的地方，面積大小和一個縣衙差不多，越過主帥府的衛牆就已經是士兵駐紮的地方，這雄壯的聲音恐怕已經引起注意，再吵一點的話，在軍營中引起騷動恐怕連在地方衙門當差的官老爺都會以為出大事巴巴的趕過來了！

「砰」的一聲，將軍書房的大門被人大力的推開，也有可能是用腳踢的，因為門板被衝力衝開時隱約看到門後的人在收腳。

巨響令那群鼓譟中的將領不約而同噤聲，原本比市場還要吵的主帥府在一瞬間變得異常寧靜，沒有人敢大力呼吸，只剩下那扇可憐的門仍在發出吱呀的聲音。

「都在吵什麼！成何體統了！一個個都是帶兵的頭兒，把這裡吵得像個菜市場幹什麼！都沒有軍務了嗎？全部給我回去，管好你們的手下，在我進京期間什麼亂子都不能有！」

中氣十足的怒喝伴隨著孫又臣的出現震得一眾將領肅立正色，將軍的聲音洪亮中帶著一份沉穩的感覺，但臉上的表情卻又不是這麼一回事。

孫明尚的父親，目前鎮守在西南邊陲的從三品雲麾將軍孫又臣，在現無重大戰事的時候，這個官位已經是數一數二的高。

鎮守邊關，孫將軍一身戎裝，即使這刻不用帶兵出關只需待在主帥府中處理案頭公文，他仍沒有絲毫怠忽職守，時刻做好立即能殺上戰場的準備。

見慣了每刻都認真戒備的將軍一臉殺氣的現身，剛才有出過聲的將領們不自覺的縮了縮脖子，連呼吸也不敢重一點，害怕心情不好的將軍治他們一個聚眾喧譁的罪名拖下去打軍棍。若真是這樣，他們就得在部下前丟光面子了。

孫將軍一眼掃過剛才鼓譟的人，臉上的表情實在說不上好，鬱悶悲痛的心情仍哽在胸口，但自己這些部下都是出於關心才跑來探消息，他心中還是一暖的。

只是一想到那封加急信的內容，他實在無法勾起半分微笑，要不是杜若勸著他，恐怕他真的會立馬起程趕到京城，揪起有關的人的衣領問清楚為什麼會發生這樣的事！但若真的這麼做了，那他也不用回來西南了，可能到流放罪人的邊境找他會比較快一點。

他還有一點點自信揪了皇族衣領後不會被問罪砍頭，不過，將功抵過發配應該逃不了。

「將軍你要進京？」部將其中一人站了出來一臉恭敬的問。

孫將軍說要進京，但他不說清楚是為了什麼事他們還是心有不安，他們心裡不踏實自然有可能動搖軍心，就算冒著被將軍先撕一層皮的風險，將領中還是有人自我犧牲挺身而出的發問了。

「我明日起程，我不在的時候黎副將會處理所有的事，夏天雨水、蚊蟲都多，看好你們的營地別鬧出疫病來。」

說到正事，孫將軍把家事帶來的煩躁壓下，把事情逐一的交代自己眼前的部將，軍中人多事雜，他走得又急，副將再能幹也有可能出紕漏，現在他們既然都聚在一起了，正好敲打一下，提醒他們行事要打起十二分精神。

交代了好一陣子，差不多連要伙夫注意伙食營養這等雜事都提上，孫將軍總算住了嘴，對杜若吩咐讓黎副將等會得空找他後就打算走了。

書信上的消息他恐怕瞞不了府中的夫人和老父，孫將軍最怕夫人知道消息後會受不了。

「將軍，你進京到底……」那位部將還不死心，他才開口杜若已經想撲上去阻止，可惜還是給他說出了半句。

提一次，孫將軍還勉強可以當作聽不到；再提起，他立即傾向爆發邊緣。原本以武將來說尚算斯文的臉頓時扭曲得像惡鬼一樣凶神惡煞，這變化把眾人驚倒，發問的那人更不自覺的被孫將軍的氣勢壓得倒退兩步。

「老子死了女兒，你還要不要問下去？」

孫將軍一雙泛紅怒目瞪向在場所有人，拂袖而去前的這句話就像爆竹爆炸一樣把眾人的心炸得震了震。

將軍的掌上明珠沒了？

為什麼會出這樣的事？她不是嫁進王府當王妃了？難道真的是寧王出了什麼事，連累將軍的千金了？

「我就說你們不要多問，讓將軍靜靜的。」杜若大大的嘆了口氣，好不容易勸得將軍冷靜點，沒幾下工夫那火氣又重新狂飆上去了。

眾人皆知孫將軍極度疼愛他的掌上明珠，現在唯一的孩子沒了，難怪他這麼悲憤。

孫家嫡系就只有這一個女兒，遠嫁京城已經天天讓將軍一家子擔心女兒會闖禍，聽說夫人本來是打算自己親自進京一趟探望女兒的，只是身子一直不好，事情只有一直拖。幸而前陣子舅夫人送了信來，聽說一切安好。

可是，這才過了沒多久，竟然就傳來了死訊？

想想天下父母心，聽到親兒身死，白髮人送黑髮人是做父母最大的悲痛，在場多人已為人父，大家不免一起神傷了一下，過了一會他們又開始埋怨起杜若不事先把話說清楚。

說與不說，這個問題同樣在孫將軍腦海中分成正反兩邊爭持不下，女兒的訃報他固然傷心，但想到家中夫人的身子實在禁不起這樣的打擊，但這麼大的事也不可能一直瞞得下去……孫將軍在回到家門前的時候，深深的嘆了口氣。

將軍府的下人迎了主人回府，孫將軍一反常態沒有第一時間去看望夫人反而先向大老爺請安。

那封訃報攤開放在書桌上，孫將軍和鎮國公同樣一言不發。沒多久鎮國公嘆了口氣把信反過來蓋著，訃報看一次就夠了，上面黑色端正的字體沒有人想一次又一次的細看。

這封訃報由宗正寺發出，寧王妃孫明尚急病身故，著孫將軍速回京城。

時值盛夏，遺體沒辦法保存太久，即使孫將軍現在快馬趕回去恐怕也見不到女兒最後一面，白髮人送黑髮人也是大忌，趕回京城的孫將軍也是不能在送喪儀式上出現的。

孫明尚的大殮儀式大概已經完成，只待擇日遷入王陵吧？

想到一封信上面片言隻字就說他從此和女兒天人永隔，孫將軍覺得一點真實感也沒有，他心裡甚至在看到信件時懷疑是不是出了什麼差錯，這封信送錯了。可惜這個僥倖的想法只能在孫將軍的心底滋生半晌，連萌芽生長多一點的機會也沒有就已經覆滅了。

在正式的通報之下夾了一封皇帝的手書，這手書並非敕書，而是當今皇上以五皇子寧王父親的身分表達對喪失兒媳的悲痛。

君無戲言，皇帝也親筆寫信來慰問了，事情還會有假嗎？

「明尚那孩子……怎會急病？」鎮國公嘆了口氣，這個孫女他自然是疼愛有加的，也深知孫女的個性刁蠻不若京中女子般溫婉，如果來信是說她犯了宮規被罰了他不會感到意外，但訃報卻是從沒有在他們的想像中出現過。

孫明尚的身體一向健康而且平日就是精神過頭的樣子，從小到大也沒有大病大痛的，連西南發生時疫她照樣是活蹦亂跳，就算她心情鬱悶也只會找人出氣不太可能鬱到病，那為什麼會急病就這樣沒了？宮裡的御醫難道就比民間的要差嗎？有什麼病是他們都無法治好的？

「父親，我明天就起程進京。明尚的事怎說我也一定要一個交代。」

「朝廷在蘊釀什麼我相信你很清楚，你是不是心裡有懷疑？」

「宮中所說的『病死』背後到底有什麼問題，父親你比我更加清楚。夫人的弟媳婦才剛探望完明尚，寫信來說一切安好，還說明尚和王爺處得不錯。難得盼來好消息夫人才放心了一點，這才過了多少時間？竟然就傳來訃報了？」

女兒是自己生的，就算這兩、三年不在身邊，憑在王府好吃好喝的，身體可以差成怎樣？一直以來，女兒都沒寫信說被人待薄，只是刁蠻慣了和王爺兩口子處得不好，年輕夫妻會有不和也不是什麼大事，既然過得好好的，為什麼人突然就歿了？

宮廷毒殺，對外也宣稱是病死的不是嗎？那他的女兒是不是因為這樣而死的？

「萬事要冷靜別衝動，我知道你疼明尚，我也疼這個孫女，但要小心這次進京別參與到那些麻煩事裡。」

鎮國公哪會不明白自己兒子想說的是什麼，孫明尚是被害死的可能性很高，他在朝廷浸在那些陰謀壞水的時間比孫又臣要長很多，如果事情背後沒有任何問題，皇帝有需要親自手書問候嗎？

這封信就等同暗示要他們識趣，不要深究孫明尚真正的死因是什麼……

但他們真的可以做到不聞不問嗎？

二
因為七月到了…

朔月入朝。

天未亮，寧王府上上下下已經起來忙碌，時隔幾月李崇禮終於再上朝。府中最近經歷了諸多不愉快的事件後，大家都把李崇禮再上朝看作一件大喜事，全府上下萬眾一心的打點準備，連李崇禮上朝用的朝服也被細心的從頭到尾檢查整理過不止一次。

李崇禮等一眾成年皇子雖已有封號，但因為皇帝有令還不能前往封地，食邑的事也不勞他們費心，待在京城的他們唯一可做的就是在皇帝安排的閒職上盡盡人事罷了。

「一切都要順順利利！平平安安！大吉大利！」

衣冠玉帶，翠玉金冠，潼兒把李崇禮身上所有衣裝的打理都攬在身上，從束髮穿衣到繫帶都是他一手包辦。一大早他就爬起來忙出忙入，平時幾個偶爾在正苑幫忙的小廝也被潼兒指使著一起忙碌，全王府大概只有他一個表現得如此異常精神。

雖然王府是上下一心，但潼兒也未免太過雀躍了。

和他擠一起睡的芙蓉也只是剛起床，現在連人影都沒見。

「我說潼兒，現在又不是正月，上朝而已，你的吉祥語是不是說得多了點？」

同樣沒有睡眠不足問題的還有塗山，同住在正苑偏屋，一直隱身避人耳目的他今天也很早出現，一身古風打扮和平日一樣，和現在正裝的李崇禮排在一起就有明顯的古今之別。

塗山說他會跟著李崇禮進宮。

李崇禮默默的站著讓潼兒打理他的衣飾，這次趁著每月兩次的太極殿大朝結束他的告病回歸，為的是不讓自己被人在朝上賣了都不知道。

雖然王妃的身死似有無法解釋的內情在，但在太后宮殿裡卻是確確切切有人想要害他，他一味忍讓下去只會令自己退到絕地，所以他無法再稱病躲下去。即使他在朝的人脈仍少，但只要他人在朝中走動，想要害他的人就得一再小心，而且他可以趁這次回朝和二皇兄李崇溫走近一點。

俗語說，有著共同的敵人就是同伴。李崇溫只是一直想辦法拉攏自己，雖然少不了會用到一些利誘或脅迫的手段，但相比之下在暗處謀害他們兩人的人，李崇禮絕對容不下。

他沒有害人之心，別人卻落力的來害他，詛咒他和他的母妃，然後是他的王妃。雖然自己和王妃的感情很淺，王妃的個性也刁蠻了點，但她何嘗不是無辜的？從現有的跡象來看，王妃也是因為爭位的事而被利用、殺害的，種種情況加起來，他也該動手了。

他雖對皇位沒興趣，但也沒有興趣做一隻待宰羔羊。

想著接下來可能發生的事，李崇禮表現得有點心不在焉，也沒與塗山和潼兒搭話。

「多說一些又沒壞處的！」潼兒只差沒從頭唸到尾。

「你在仙界天天也是這樣和東王公唸的嗎？」

塗山不敢想像，要是在仙界潼兒也一樣在東王公出門前碎碎唸一遍，長年下來到底還有什麼吉祥語是潼兒沒說過的？而且每天聽一堆意思差不多的吉祥語，可見東王公的忍耐力一定很驚人！

不過，撇開冗長的吉祥語不提，玉皇、西王母，東王公亦然，這三位直接管事的巨頭可以忍耐芙蓉的破壞這麼久，雖是罰她下來還債，但看芙蓉現在過得多麼滋潤！如果用這種邏輯去想，仙界那些大人物的淡定的確是令人望塵莫及。

仙界如此，六根更清淨的西方極樂恐怕淡定得即使你在他們面前說三千字的粗言穢語，最後得到的也只有氣死自己的一句阿彌陀佛。然後，說粗話的人聽過漫長的說教後，西方極樂又會多一個信徒。

「東王公不用我們服侍起居的。」

「所以你只是負責泡茶的嗎？」

潼兒沒有回答，只是專注的替李崇禮打理著一身的衣服。這陣子潼兒已經從書房侍墨進化到照顧一切起居，差事做得妥當、準確，連一些有多年經驗的僕婦都自嘆不如。

從潼兒的表現來看，塗山真的覺得他是個扣除修為以外所有事都很萬能的仙童，見識過芙蓉種出來的那些帶著異變特質的珍貴植物後，塗山對潼兒能在芙蓉的煉丹術下沒缺手缺腳的活到今天感到十分佩服。

塗山不禁猜想，換了自己恐怕不敢說在丹爐爆炸後還能完好無缺，因為前天，他就差點被芙蓉種在房間內的靈芝咬了一口……

為什麼靈芝會咬人！

「我們東華臺的仙童主要的工作是在紫府實習，包括一些書籍的整理、紫府和崑崙仙山還有天宮的聯繫、紫府文書的歸檔等等，我們都會做的。」

塗山「哦！」了一聲，他是第一次聽到這種鮮為人知的事情，他一直覺得仙界的小女仙、小仙童這麼多，全養著來奉茶摘桃子簡直是浪費人力物力嘛！而且要是仙界的仙童和女仙都像芙蓉那樣，或許是一種另類的災難。

「芙蓉是例外的，她在崑崙也沒有特別負責的事，她在崑崙住下之前好像是在天尊那邊的。」

看出了塗山在想什麼，潼兒小孩心性也忍不住吃吃笑了幾聲。

「我們不要談那個怪物女仙，我不想回憶她種出來的奇怪植物。」

「那些東西雖然怪，但的確是好東西呀！塗山這兩天不是也有喝那種草藥煮的藥草茶嗎？」

塗山沉默的看著一臉淡定的潼兒，不能否認那藥草茶的味道雖然不是頂好，但在這樣悶熱的天氣喝一下感覺還不錯，但前提是茶不可以經芙蓉的手處理！

「我只要芙蓉不煉丹就好，煉丹才是最危險的！簡直是終極般的危險。」潼兒又自顧自的說著，像是告訴自己一定要把守最後的關卡，提醒著自己絕對不可以讓芙蓉在凡間把丹爐搬出來。

邊想邊把李崇禮身上最後要戴的配飾繫好，潼兒後退了幾步繞著李崇禮走了一圈，確認所有的衣裝都沒有問題後，他滿足的笑了。

「好了。」

「謝謝。」李崇禮微笑道謝。

看到和東王公酷似的微笑，潼兒心中的滿足又多了幾分，帶點稚氣的臉越發令人覺得可愛，看在旁人眼中感覺危險極了。

「你會是個好妻子的。潼兒。」塗山把眼前的畫面全看在眼中，不禁正色的發出一陣感嘆。

「才不會！」潼兒的心情一下子從九重天直接掉到十八層地獄，他不想憶起自己現在仍是一身小丫鬟的打扮，頭上還梳著兩個丫髻簪著花，這身打扮提醒著他悲慘的現實，他正在男扮女裝，而且沒有人看穿過他不是個姑娘……這叫他情何以堪？

「芙蓉今天不在嗎？」

一切都準備好後李崇禮也是時候要出門，朔月和望月時在太極殿的朝覲最為隆重，他病後返朝也不好太遲才到，所以一早就讓歐陽子穆把時間預得充裕一點，轎子早就在府前等候了。

「芙蓉說她七月不出門。」

今天是朔月，每月的第一天，也是踏入七月的第一天。對芙蓉來說，今天開始為期一個月都是戰戰兢兢的一個月。

潼兒想到這一個月時時刻刻都要留意著不讓芙蓉像上次那樣擺出地府退散的蠟燭陣勢，就覺得累了。他們晚上睡的是通鋪呀！雖然可以做點假象讓其他丫鬟以為他們待在房間裡，但接近七月，芙蓉就不愛出去曬月亮，還無時無刻計畫在房裡擺擺蠟燭陣……

點了一屋子蠟燭是要怎樣掩人耳目呀！

再說，中元節在凡間也是大節，府中的下人們很多都已經在做相關的準備，芙蓉一看到那些祭品、水燈的準備工作就像老鼠看到貓一樣。

就在前兩日，芙蓉看到其他丫鬟們在準備放水燈用的蓮花燈時，就臉色煞白像是見鬼似的。

有時候潼兒也不明白，即使怕東嶽帝君、怕那十位主子都好，不用連過節都過得戰戰兢兢吧？說她七月不出門已經是把事態說輕了，潼兒不敢說其實芙蓉因為不能擺蠟燭陣，現在躲在偏屋裡準備著她那些地府退散的用具。

不用說，那些全都是芙蓉自己發明的，天知道那到底有沒有用。

※　※　※

李崇禮上了轎、進了宮，沿途也遇上不少同樣趕去上朝的官員轎子，直到抵達宮門，各人下了轎後，李崇禮的出現才真的在官員中引起話題。

大家都是官場上的老手，先前傳出寧王妃在太后宮中急病去世的消息很多人也不相信，人好好的進宮，怎麼進了太后殿就發病？只是礙於李崇禮的深居簡出，眾人沒辦法進一步的探消息，現在李崇禮出現了，不論是真心還是假意，上前問候總是應該的。當然，如果能探出什麼口風就更理想了。

大部分人都在打這個主意，但是第一批人才剛和李崇禮打了個招呼，那些官員就分開讓出一條通道來了。

會上朝的皇子不只李崇禮一人。

「很久不見了，靜于。身體好些了嗎？」

李崇禮的字很少人會叫，皇帝直接叫他的名字，就算是皇后等長輩也是喚他們皇子，地位比他們低的更不可以喚他們的名及字，喚一聲王爺或是五殿下就可以了。

要說真的喚過靜于這個表字的，就只有李崇禮的老師，但是眼前出現的人算是一個例外。不過，他們兩人的關係本來就不應該以表字相稱。

聽到耳熟的聲音，隱身起來和李崇禮同行的塗山明顯皺起了眉，他現在真想把芙蓉拖到現場來，讓她真真正正看一下什麼才是黃鼠狼向雞拜年！

遺憾的是，塗山現在的不悅表情無法給四周的人看到。

同樣是親王朝服，但剛到的這位明顯比李崇禮來得精神百倍，長相雖然沒有李崇禮英俊精緻，卻也是位風采不凡的年輕人，年紀也和李崇禮相近，他們兩人之間差不了一、兩年。

停下腳步轉身面向叫住自己的人，心裡雖然抗拒，但臉上還是牽起一個禮貌性的淺笑。可以的話，李崇禮一點也不想對他笑。

「三皇兄有心了。休養了好些日子，總算略微精神一點。」

「這真是太好了。」

對方笑得坦誠真心，表情上有關兩人不和的蛛絲馬跡連一丁點都看不出來，好像這人真心關愛著李崇禮，看到他現在人健健康康的才鬆一口氣似的。

但他怎可能是真心的？三皇子李崇文的母妃就是張淑妃呀！先前在宮中的邪術事件，在太后面前搬弄是非的正是他的母妃，張淑妃和她這個兒子有什麼野心，差不多有眼睛的人都看得出來，大概只有他們母子以為自己把心思藏得很細密。

「聽說靜于一直在府中靜養，本王也不好打擾。」

「這個人還是和他母親一樣令人討厭。你別理他，省得讓他在人前建立一個兄友弟恭的形象。」

塗山不忿的聲音在李崇禮身邊響起。但聽到塗山的話，李崇禮卻勾起一個玩味的笑容。

塗山意外的看著李崇禮這個表情，他知道李崇禮有聽到他說話，但為什麼要笑？心裡一陣不安的感覺掠過，塗山想阻止時李崇禮已經開口了。

「只要不再喝些有問題的茶水，那就不礙事了。有勞皇兄費心。」

在場的都不是笨蛋，這話中有話、諷刺什麼的，只要聽力正常很容易可以猜出當中的含意。李崇文自然也聽出來話中的挖苦，他親切兄長的和藹笑容有一瞬間僵住了，但很快又像沒事般裝出沒聽明白的表情。

「下人準備茶水食物的確是要小心謹慎，近日天氣越來越熱，靜于不要貪涼喝太多冷茶了。」看似把問題茶水的要點糊弄過去，也像是不經意的再次提出恐嚇，或許這是李崇文小小的反擊，但對於李崇禮來說沒半點痛癢，他早已被人切切實實的下手加害了，嘴皮子上的針鋒相對算不了什麼。

「三皇兄有心。」

「本王也提醒一下靜于吧！孫將軍早兩天已經進京了。」

「這件事父皇已經提過了。」

「是這樣嗎？」李崇文仍是一臉笑容可掬，但是聽到李崇禮竟然是從皇帝那邊直接知道此事，他心裡一怔，父王除了告訴他孫將軍到了之外，還有沒有告訴他其他的事？

李崇文心知肚明自己的母妃那天在太后殿中做了什麼，事後雖然他不斷詢問，張淑妃還是否認下猛毒毒死孫明尚，皇帝也沒有責問張淑妃，但所有人都認為那只是皇帝不想讓皇家長輩毒殺兒媳的事被搬上檯面，所以李崇文心裡很是焦急皇帝會不會跟李崇禮提起過什麼。

要是失了皇帝的歡心，太子之位恐怕就只能用武力爭取，只是一旦動用武力，那還算是名正言順嗎？到時恐怕爭位不成，自己反成眾矢之的。

朝中的將軍們不好拉攏，文臣中的言官們也不好對付，他想在皇子中突圍而出，除了拉攏各方勢力以及表現自己外，他必須更加小心謹慎的把對方解決掉。

因為張淑妃的關係，他現在不能明著對李崇禮做什麼，但如果做出什麼來的是孫將軍呢？

孫將軍疼愛女兒是有名的，孫明尚莫名其妙死了，將軍一定會追究。如果他誤導一下，先把自己和母妃身上的嫌疑抹掉，讓孫將軍把矛頭都指向李崇禮，說不定能得到借刀殺人之效。

李崇文自顧自的構想陰謀，李崇禮早就撇下他先一步進殿了，找到自己的位置剛站好後，他另一位兄長又湊了上來——在人前，李崇溋沒有表現出和他特別熟絡，只是禮節性的問候就完了。

「那個李崇文，要我去教訓一下嗎？別跟我客氣，我想找藉口教訓他很久了！」

塗山同樣待在太極殿中，雖然他之前一直待在後宮，但皇宮各處他同樣熟得不得了，要利用一下這裡面的梯級、柱子來作弄一個人很簡單，只要李崇禮點個頭就成了。

李崇禮還是那一張臉，不過，在不引起外人的注意下輕輕的搖了搖頭。

覺得沒趣的塗山撇了撇嘴，決定找個地方好好坐坐，一個月才兩次的大朝一向都很花時間。

龍椅前那幾級樓梯是不錯的選擇，他走了過去坐下。反正他坐這裡也不會有人看得到，反而他居高臨下可以看到在下面聚集的一群人。

當今皇帝的兄弟待在封邑不入朝，所以太極殿中身穿親王朝服的人不多，現在就只有看到三人——排行第二的李崇溫、第三的李崇文，還有第五的李崇禮，出奇的是今天四皇子竟然沒上朝。

塗山在意的是在武官列位上的那個空缺，孫將軍進京了，雖然宣他回京是因為孫明尚的事，但外將回京，以他的職級遇上大朝是必定要來的。

塗山才想起孫將軍，他人就來了，一身武官朝服，長年帶兵戍邊而有的一身肅殺之氣，讓不少世面見得還少的年輕官員不禁退開幾步。

只見孫將軍板著一張臉，以武將來說，他的身材並沒有比其他文官來得高大很多，如果不是身上的氣質特殊，與其他人混在一起也沒什麼不同。

雖然在太極殿中等待時理應肅穆噤聲，但是孫將軍風塵僕僕從西南趕來，而同一天的朔月大朝李崇禮也來了，這對翁婿的關係突然變成了全場的焦點，塗山不禁有點擔心，現在他不能現身，應對之事只能靠李崇禮自己了。

不過在大殿上，將軍再氣也不至於動手揍飛李崇禮這位皇子，但是萬一有人挑撥，以李崇禮的個性能不能應付得來？更重要的是，他看到那個李崇文嘴邊的奸笑了！

還是他抓個小官拖下去打昏讓他冒認身分出來幫忙？

意外的是，孫將軍和李崇禮兩人四目交接，但兩人卻沒有走在一起說話，只是隔空互相給了對方一個合乎身分的禮數。

李崇禮給對方的是女婿對岳丈的見禮，而孫將軍卻謹守君臣之禮行了個面見皇子的見禮，一大一小這樣互相行禮也算是大殿中一個怪異的現象，充分表現出他們兩人之間的生疏。

「看來得看緊一點，不能讓李崇文從中挑撥離間才行。」以塗山千年的修行加上狐狸精天生的聰明與利眼，李崇文這混蛋在心裡打的主意一下子就被他看穿了。

時辰到的鐘聲響起，所有待在太極殿內外的大小官員不約而同朝龍座跪下，塗山這時也站了起來，倒不是真的要試試在龍椅的高度俯視眾人的感覺如何，而是他看到自己一些小部下在殿門外探頭探腦的。

和他這種有深厚修為的狐仙不同，塗山這種等級的自然可以無視皇宮中各種由儀式或擺設所產生的結界自由出入，但一些小妖卻沒辦法，牠們不小心胡亂闖的話等於是自殺行為，所以牠們不敢走進太極殿的殿門，只敢在外張望。

塗山拖著古風錦袍來到太極殿外，在清晨的陽光還照不到的角落找到他的那些小部下。

要是芙蓉看到一定會尖叫著說他為什麼養著這種東西，然後又會說養寵物絕對不適合他。

不過塗山會澄清牠們不是他特地養的，只是皇宮這種地方難免會吸引一些小妖怪住下或留下一些陰魂，後者不是他可以控制的範圍，而且操控陰魂鬼魅、干擾生死等同傷了天條，塗山不會做也不可以做，所以他只是把一些弱小的小妖怪整合起來，既方便自己使喚，又免得牠們沒個組織四處闖禍，鬧出事來被人收了也不好。

這些小東西也是經過長年累月修行才化妖的，很多很多年前塗山也走過同樣的路。

朝牆角那邊勾了勾手指，一隻毛茸茸的動物立即歡快的從暗角跑了出來，四爪踏地歡躍到半空時身軀猛地再縮小，縮到只有大約兩個手掌的長度，這隻毛茸茸的東西先跳到塗山的手上，然後順著他的手臂走到肩膀站好。

「塗山大人，您很久沒進宮來了，我們小的都翹首盼望您早日回來呀！」一雙前爪恭恭敬敬的放在身前，一隻深棕色的虎紋小花貓小心翼翼的看著塗山的側面，努力找尋自己懂的用詞去討好。

斜眼看了停在自己肩膀的這隻小妖貓，雖然已經懂得人話也會說話，但修行時間尚短，現在能變大變小和說說話已經是極限，而且還沒有法力。不過這些無害的小妖卻便利於在宮中收集情報。

就算是千年狐仙，手上沒有情報也一樣會失先機，像以前要是每次都在別人害到賢妃頭上時才出手相救一定太遲，賢妃也不知道要死多少次，所以收集情報事先阻止是必須的。

過去如此，現在亦然。他現在不常待在後宮，情報收集更顯得重要。

「嘴甜舌滑，我不在沒人管你們才是過得特別歡快吧？作弄一下宮女太監是可以，但記得別太過分，也別弄出人命傷亡，不然天宮派人來收掉你們我絕不會保的。」塗山嘴上嚇著小妖貓，手指卻搔著小妖貓的下巴。

就算成妖了，貓咪的天性還是不變，才搔了幾下，小妖貓的眼睛都享受得瞇得彎彎了。

他離宮的這段日子宮中無大事，一來是鍾馗在賢妃宮中設下的結界擋下了不少髒東西，二來孫明尚的事讓最喜歡鬧事的張淑妃不得不收斂平日囂張的態度，這個明著來的笨蛋不出手，可說天下就太平了一半，現在就等藏在暗處的那個露出尾巴讓他們抓了。

但過了這麼久塗山也沒有任何線索，到現在仍是毫無頭緒，著實令人焦急。位在明處的敵人，他們可以清楚的知道並加以防範，但暗箭實在是防不勝防呀！

「小的哪敢呢！不過這陣子宮裡頭氣氛有點不對勁，一些兄弟心情焦躁了不少，開玩笑開大了而已。」

「玩笑開大了？」

「沒……就是把御膳房做的菜都吃了……有幾個兄弟差點被抓了。」小妖貓心虛的別開臉。牠的手下說好聽就是一群在宮裡暗處生活的小精怪，貓精、老鼠精什麼都有，有些連話都還不會說，只是比一般的同類要聰明，可野性未除，有時做起事來就是難以控制。

「不是說沒事別去皇帝那邊的嗎？天子有紫微帝君加護，你們這些小妖走太近死了都不知是怎麼回事。最近有不尋常的情況嗎？」

「有！塗山大人！就是皇帝所在的長生殿，那邊給我們一種威壓的感覺呢！」小妖貓回想起發現到的事，全身的毛不由自主都豎直了，一雙圓圓的貓眼睛不安的左看右看。

「威壓？」塗山皺了皺眉，這些小妖很容易理解，弱小的牠們對強大的神仙或是妖邪都有一種本能上的畏懼，能讓貓妖在他面前也表現得這麼驚慌，那威壓恐怕不是小事。

「嗯，我們不敢靠近，但不像後宮那些陰陰森森的感覺。塗山大人您走後，那裹著黑氣的東西還又出現一次呀！」

「鬼魔？」

「太可怕了！我們都躲起來了！只是看到那東西在後宮一帶像是要找什麼似的，但接近長生殿那邊時，就退避三舍般逃了。」

對於小妖貓來說，長生殿中潛藏的東西比塗山還要恐怖，那次接近御膳房已經是牠們的極限了。

「又多一路不知是敵是友的勢力。」塗山納悶的說，操縱鬼魔的不用說一定是敵人，只是為什麼現在皇帝住的長生殿又多了一路人物？而且強大到連鬼魔都要退避三舍？

又從小貓妖口中聽了一些不算太重要的情報後，塗山就讓牠們離去了。

身後的太極殿內正在高呼吾皇萬萬歲，反正就在伸手可及的位置，塗山認為沒必要無時無刻零距離的跟著李崇禮。

看著一座座宮殿的屋頂，塗山考慮著要不要到長生殿轉一圈，說不定可以探出在長生殿的是什麼東西。

要知道，上次在後宮遇到的鬼魔，連他對付起來也是有點棘手的，畢竟對付鬼魅之類的還是地府最拿手，他們有的是收魂鎮鬼的寶貝和法術。

不想還好，一想到地府，塗山就想起上次和秦廣王見面的事，那傢伙很不客氣的拿他擋了一下午的太陽，也讓他付錢上茶館吃了好料，雖然那點銀兩他很輕易就能補回來，但好處他給了，秦廣王又有什麼回報？就是只說了地府不插手天宮的事，還有東嶽帝君很生氣！

他現在也很生氣呀！早知道他就不放秦廣王回去！那傢伙只是把嘴巴關得死緊不肯說而已！現在中元節將近，詛咒他的生死簿被燒！枉死城出亂子！

氣忿的在心中罵了幾句，才總算覺得洩了心頭之恨。發洩過了，塗山也不急著去探長生殿的情況，他還是比較在意孫將軍和李崇禮之後的會面，他預想退朝後皇帝一定會同時召見他們兩人，到時候才是好戲所在。

塗山獨自一人站在殿外的簷廊下，看出去，整個廣場站滿品級不夠高得待在外邊等候的官員。現在是盛夏，即使天才剛亮，但太陽的熱力也足夠這些人站得出汗。果不期然，早朝才剛開始不久，就有人臉色青白的倒下去了。

「九成是早上沒吃過半點東西的新人菜鳥，可別因為這樣就去地府報到了。」

塗山看著那個年輕人被人抬了出去，人群中起了一點小混亂，這個體力不支的青年還好是站在殿外，不然暈了也會被參個御前失儀的罪。

「那人頗有福相，死不了的，而且鬼差不在，表明他距離大限之期還遠。」

塗山嚇了一跳，迅速退開幾步，連迎戰架式都擺了出來。出聲者無聲無息的出現在眼前，可他卻沒有感覺到對方的氣息。雖然是認識的人，但塗山還是不禁冒出一個個雞皮疙瘩。

「請不要在心中詛咒我們好嗎？雖然和我司職的沒有太大的衝突，但是枉死城出了事，地府會變得十分忙碌，而且帝君會生很大的氣，我不希望回去時卞城王真的變成半隻厲鬼一樣。還是說，你和卞城王有仇？」

無聲出現的人微笑著朝塗山頷首示意，他就站在塗山身後兩、三步的位置。他沒出聲，塗山也沒發現他，更不知道他到底站在那裡多久了。

「你……你怎麼會在這裡！」塗山難得表現的一臉吃驚，差一點他就做出了和芙蓉一樣的動作，伸出手指向無聲無息出現的人身上。

「因為中元節會很忙，所以我就上來了。」

「我覺得你完全沒有回答我的問題。」確定是熟人之後，塗山順了順心口平撫嚇得飆升的心跳，心跳恢復了，但背上已經出了一身冷汗。

「是嗎？總之我是來盯梢的。」

塗山無言的看著眼前這個完全沒有存在感的人物。地府十王各有特色，上次見面的秦廣王是個愛陽光又怕陽光的秀氣書生，而面前這個秦廣王的好搭檔轉輪王，空長一張好臉皮但是存在感極低，連氣息也是令人難以察覺的那種。不說那張好看的臉，對方明明穿著一件白底紅花的衣服，這麼顯眼他竟然沒注意到對方走到這麼近了！

「楚江王上不來了，他的第二殿變成了寒冰地獄。」和秦廣王要撐傘擋陽光不同，這位有透明特質的青年就站在太陽之下，雖沒有曬到要化灰，但他在地上的影子顏色淡得嚇人就是了。

「我說楚江他一直都是負責寒冰地獄的吧？有差別嗎？」聽到十王中出了名不愛出門的楚江沒到凡間，塗山不感意外，反而眼前這人跑上來卻是出乎意料的情況。

如果說地府十王大多數都是掌管各大地獄和一眾惡鬼打交道的實力武鬥派，那第一殿負責生死簿的秦廣王和第十殿負責安排靈魂轉世的轉輪王兩人就是少數的文弱派，而後者平日更是少有露面、更甚少到凡間閒逛公幹。因為第十殿平時忙得很，工作內容也是絲毫出錯不得，轉輪王根本就不能扔下第十殿出來四處跑。

而這個不能四處跑的人，現在卻站在他的旁邊曬太陽？還一臉享受的樣子？

「現在十殿的地獄差不多全都變成一個樣子，情況再惡化下去，恐怕我回去的時候，第十殿的大門已經凍得打不開了。」像聽不出別人話中的重點一樣，轉輪王只選自己想說的說。

「我說，第十殿的你跑上來，不是為了跟我說十殿都變成寒冰地獄了吧？」

「當然不是了。」轉輪王笑著搖了搖手指，無聲的又飄前了一點，似乎對清晨仍然溫和的陽光不堪滿意。「對了，塗山，那個叫芙蓉的小女仙如何？」

「什麼如何？」

「我想問的當然是她到底可不可愛？是不是美人胚子？」

突然覺得自己精神上很疲憊，塗山忍不住伸手扶著柱子支撐身體整個的重量，為什麼偏偏被他遇上最和自己八字不合的轉輪王！

「別在心裡想著和我八字不合。」

「可否不要用你的讀心術？」按著額角，塗山大抵消化了轉輪王的意思，他大概是想說中元節到了十殿閻王都各有各忙，但孫明尚的事不能不處理，上次秦廣王提到東嶽帝君生氣了，應該就是因為這樣所以地府都要結冰了。

而不知道是什麼原因，總之現在由第十殿轉輪王負責孫明尚的事件，所以轉輪王出現在這裡。

關於楚江王的問題，恐怕轉輪王只是想帶出他們的上司東嶽帝君的怒氣未過提一提而已，又或是他心裡不爽楚江王不用到凡間勞動。

至於最後的問題，塗山自行當成是轉輪王的個人興趣，也不打算認真回答。

芙蓉得罪東嶽帝君這件事，轉輪王哪可能不知道？另外，記得連卞城王都曾八卦看過芙蓉長什麼樣子，而且那好像已經是很久以前的事了，轉輪王會不知道芙蓉的容貌嗎？

「世上哪有這麼神奇的法術，人心最難猜測，沒有法術可以看透人心的。塗山你不是連這個道理都不知道吧？」轉輪王一臉你在明知故問的表情，看得塗山有股撲上前扁他的衝動。

撇了撇嘴，塗山心裡自然是知道這道理，要是有讀心這麼好用的法術，他一早就能知道誰在背後指使這一切麻煩事了，哪還需要花時間找主腦？

「所以我來等了。」

「隨便你，反正你又會說東嶽帝君下令不准插手這次的事，你什麼都不能說吧？」對方不走他也沒辦法，塗山乾脆順著對方的稀薄存在感，當作對方會慢慢消失在空氣中好了。

「塗山好像已經見過季芑了？」

「為什麼提起他？秦廣王說的？」臉色一凜，笑意全收，塗山眉毛一挑瞪了轉輪王一眼，眼神毫不掩飾透露著他的不快和不耐煩。

「你知道我和秦廣王是好搭檔，他既然看到季芑了，就不會不提的。」轉輪王把塗山驟變的臉色當作透明，明知道對方不喜歡聽還是說了下去。

「到底多少年了？」

「不要說這個話題好嗎？你知道我不喜歡。」

對方裝傻，塗山也嘗試耐著性子，跟轉輪王生氣是沒用的，就算在他面前又吼又叫，他也只當你在唱歌。婉轉也是沒用的，而即使斬釘截鐵的把想法說出來，轉輪王仍是會依他的個性行事，生氣只會氣死自己。

「我知道，但不喜歡就不用提的話，我也不喜歡案頭工作呀！和帝君說一聲能休息不用幹就好了。」

「帝君會順便讓你長眠。」幾個「井」形的青筋在塗山的額角冒出，連狐狸天生較尖的犬牙都快要現形，塗山在心裡詛咒著轉輪王回去地府時，第十殿的門凍到撬也撬不開！

「你很明顯的在詛咒我。」呵呵笑的看向塗山，轉輪王心裡其實也不在意，反正三天兩頭他也會被自己的同僚咒他被帝君搧飛到天涯海角。

「哪有呢！」塗山嘴角抽了抽，一張原本應該帶點妖豔的俊容徹底扭曲了。

如果轉輪王本身不是地府十殿的其中一位主人，塗山心裡一定咒他被踢下十八層地獄！

瞄了塗山一眼，也不點破自己又看穿對方在想什麼，轉輪王又自顧自的轉了話題，重新戳到塗山的引爆點上。

「塗山，你覺得可以一直這樣不好好解決你和季芑之間的嫌隙嗎？」

三
休假兼辦案的轉輪王？

有點狼狽的逃出太極殿的範圍，轉輪王站在皇宮主要走道上，慢條斯理的整理衣裝。雖然他是故意追問塗山有關季芑的事，但似乎力度拿掐得不太好。

事實上轉輪王的確是特地出現的，先不說他個人的存在感薄弱到旁人根本難以發現他，他不主動開口，恐怕塗山還不一定知道他已經來到身邊。

這個特質經常被他的同僚笑說他不應該待在地府第十殿看著那個轉生臺，應該轉職當個刺客或情報探子。

一個神仙當刺客算什麼樣子？

所以這個笑話每次都被提起，而又每次在哈哈大笑下結束。

比起第一殿、第六殿和第十殿比較多案頭的文書工作，其餘各殿主要都是些折磨人的地獄，看著生前犯罪的人受苦而已，派多點鬼差看著也足夠了，所以這一年一次的中元節除了是逝者重回陽間的機會，也是他們這些地府高級官員借出公差之名行休息度假之實的大好機會。

雖說中元節鬼門大開易出意外，但又有什麼意外是地獄閻王們處理不來的呢？所以大家一直以來都把這些小意外當成是休假中的一些生活調劑。

只可惜今年出了大事，東嶽帝君一聲令下，誰都不敢放肆，全打醒十二分精神留意京城的一舉一動。

京城範圍不小，就算他們九個全上來了，各人所負責的項目不同也不容易碰面，而且轉輪王還抽到一支下下籤，他要負責盯梢的對象正正就是中獎比率最高的孫又臣將軍。

轉輪王相信同僚們一定會用看好戲的心態看他處理這次事件，甚至他還懷疑基於同僚對他的愛護，他們會很盡力的給他「表現」的空間，雖然他本人一點也不希望。

在皇宮裡逛了一圈，轉輪王一眼就看出很多結界上的破綻，一開始這座佔地廣大的宮殿或許是照著各種吉利的布局修建，但長年下來歷代皇帝或是寵妃依著自己的喜好左加右減，原有的防衛被削弱不少，有些宮殿更是完全沒有保護。

一般人家普遍都有門神鎮宅，不然門前放一對石獅子、掛一面八卦鏡也行，但這皇宮有些地方看在轉輪王眼中連民宅都不如。

遙遙的看了長生殿一眼後，轉輪王就從皇宮中最可疑的通道往宮外走去。

由前朝到後宮，繞過御花園一部分範圍，轉輪王眼尖的發現空氣中的一縷鬼氣，這一絲鬼氣還很新鮮，應該是剛留下不久。

「追蹤下去會很花時間，要交給別人去跟嗎？」

轉輪王的自言自語沒有人回答，他順著鬼氣的痕跡出了皇宮，宮門之外就是大路，越往外走人就越多，人越多氣場就更混雜。剛才的那絲鬼氣並不算強烈，混在雜亂的氣場中很容易跟丟，想到忙碌一番最後可能只是白費氣力，轉輪王立即失去追蹤的衝勁。

隨便喚了鬼差上來把事情交代下去，轉輪王在大街上飄了一圈，抱了一小包茶樓的零嘴點心後，像有明確目標一樣朝某個方向走去。

轉向城西的方向，一路上轉輪王看似閒逛般左看右看，但越走就越偏離熱鬧的集市，穿過一列列有錢商家的宅第、幾個算不上集市的零散攤子，最後來到一座沒有掛上匾額，看似沒有人居住的廢宅。

門上沒有貼門神，牆壁爬了一些藤蔓也沒人整理，簷下結了一張張的蜘蛛網上面沾滿了塵。不用開門走進去也能知道裡面不可能有人住。這座沒半點生氣的大宅從外觀上已經夠陰森，真讓人住進去，恐怕不用幾天就可以準備辦喪事了。

轉輪王沒有選擇翻牆而是直接推門進去，他現在沒有隱身，不過，沒存在感的他推門擅闖別人的宅第也只像是吹過一陣陰風而已。

大門發出日久失修的吱呀聲音，但意外的門後沒有門栓，不用太大力推過去就能很輕易的將大門推開。

轉輪王站在門下，抬頭看向門上的空間，那裡並沒有結蜘蛛網。

短期內有人曾經打開過這扇門。

一踏進去，轉輪王就感到一股陰冷之氣撲面而來。揮手用法術把令人不快的陰氣驅散後，轉輪王才慢慢的走進去。

如果修葺一下，這座規模不小的宅子也會顯得氣派堂皇，正屋等等用的窗架、廊花都是費了不少銀兩打造的精品，可見前屋主應該十分富有。

轉輪王沒有走進屋內而是繞在外面走，後院有一個小花園，現在長滿了雜草，但仍殘留著昔日繁盛時曾被花匠精心設計過的影子；亭臺樓閣旁是一個小水池，或許以前種了不少荷花，但現在只看到一池發黑的死水。

轉輪王看著這個水池皺起了眉，在他眼中看到的除了一個略微渾濁發黑的臭水池外，裡面還加送了不只一個露出水面半顆頭的半爛水鬼。

幸好平時甚少有人跑來這種廢宅，否則難得有人送上門來，只要靠近一點這些水鬼恐怕立即會飢不擇食朝他撲過來吧。

在他來之前，有多少闖進這裡的人成為這些水鬼的餌食了？

繞著水池走上一圈，轉輪王就找出了這個水池奇怪的地方。照理說，水鬼找了替身就能到地府去，雖然到了地府，拉替身的水鬼們也得為害死別人的罪孽先下地獄贖罪，但另一個角度就是它們總算能脫離那個水池。

只是眼前的這個水池有點不一樣。困在裡面的水鬼數目有增無減，就算拖了替身，它們也被池邊設下的法術堵住，永無止境的困在這小小的水池中。

日子久了怨氣加深，施術的人再巧加利用，就是一隻厲害又可操縱的人工鬼魔了！

「果然是這裡。」轉輪王彎身在地上撿起一只耳環，這種鏤空穿金線扭花鑲寶石的首飾不是尋常人家可以擁有的，這種手工也不是民間工坊的工藝水平造得出來。

轉輪王收好耳環後，走近那個水池垂眼看著一池正躁動的水鬼，他一接近，那些水鬼變得十分激動，腐爛的半個身子都攀上水面，奮力的想要拉到轉輪王的腳把他往水裡拖。

「塵歸塵、土歸土。普通人也就算了，找替身也要看看對象是誰吧？」

沒有迴避，轉輪王只是略帶無奈的看著那些水鬼，它們伸長的手在快要碰到轉輪王時，發出像是燒焦的吱吱聲，空洞的慘叫聲在廢宅中貫徹雲霄。

「一、二、三……十八，裡面沒有呢？」

雖然辨別起來有點困難，但轉輪王還是把水鬼們的臉孔全看過一遍。他沒興趣再留在水邊，這些水鬼讓手下來處理就好，他來的重點是要查看耳環的主人是不是泡在水池裡。

可惜他似乎來遲了一步。

※　※　※

時間仍是早晨時分，李崇禮出門後，府中的下人又回到日常生活中，大大小小的僕役各自做好分內的工作，而待在正苑中閒著沒事的兩人，一個勤奮的打點著正苑中的瑣事，而另一個則埋頭在那由花園改造的農圃中。

「這些難道是西北方特有的白色珍珠？竟然在這裡種出來了，而且還養得很大顆呀！」

聽到有人稱讚自己的農作物，而且還是很識貨的看出她種了什麼，芙蓉差點從心裡笑出來，她顧不得還滿手雜草，興奮的站起身想和這位同好交流一下養植各種煉丹材料的心得，她要強調自己不是轉型只種不煉了，她只是屯積一下各式各樣的材料罷了。

討論完藥草的培植後，說不定也可以聊聊煉丹煉藥的範疇呀！

被高興沖昏了頭腦，芙蓉一下子沒注意到不應該有陌生人出現在王府的正苑中，而和她說話的這道聲音也有點陌生。

「欸？」過了好幾秒才察覺有問題的芙蓉猛地轉身，一看到剛才和她說話的是誰後，她嘴邊掛著的燦爛笑容一下子凝固了，微笑的孤度仍在，可是臉色卻以誇張的速度一下子刷白。

接下來是一聲比殺豬還慘的慘叫。

「聽說妳養出了會動的人參，才剛送回太白金星那邊他已經四處在炫耀了。還炫耀到連我們地府都知道了。」

彈了彈指設下一個隔音法術，不速之客完全無視芙蓉驚恐的尖叫和面無人色的臉容，也沒解釋自己是怎樣無聲無息進來的。

轉輪王很悠然自得的細看著農圃中的每一種植物，似乎對芙蓉種下的東西很感興趣，他一直看芙蓉就一直叫，他也完全不覺得煩。

聽到第一聲慘叫便從屋裡跑出來的潼兒，看到和農圃的植物快融為一體的轉輪王也微微一愣，但他比芙蓉來得理性，驚訝過了也就依禮數向地府的第十殿之主行了個禮。

「轉輪王大人為什麼會來呢？」以前見過轉輪王的潼兒很快就正確的叫出名字。

這一聲轉輪王令芙蓉的尖叫聲戛然而止，她迅速衝到潼兒身後，比潼兒略高的她死命把自己的身影藏到潼兒身後。

「人如其名，是位很可愛的小仙童，有潛質。」轉輪王站起身，輕飄飄的來到潼兒和芙蓉的面前，臉上掛著一個不知有何含意的笑容。

潼兒不敢問對方話中「潛質」二字是何解，他得忙著抵抗芙蓉推他出去做餌的意圖，要是腳一下站不住，他人就要飛到轉輪王懷裡了。

「我說，口有點渴了，有茶嗎？」轉輪王拍掉手上沾到的泥土後，當王府是自己家一樣大搖大擺走到涼亭坐下，隨手拿起放在桌上的團扇替自己搧風。

「你是特地跑來嚇我和喝茶的嗎？」一瞬的驚嚇過去後，芙蓉繼續把潼兒當作擋箭牌開始跟對方隔空說話，她現在就像一隻被外敵入侵地盤的貓一樣，全身的毛都豎得直直的，連爪子都亮了出來。

可惜對方根本不把她的氣勢當成一回事，一個不留神，轉輪王已經自己倒了杯茶在喝了。

「我把失物送回來了。」

轉輪王從懷中取出用絹巾包得仔細的耳環放在桌上。一時之間，芙蓉和潼兒二人都不明白他到底想幹什麼，一直都是轉輪王在自說自話，但這也有個好處，就是芙蓉和潼兒只需要坐著聽就成，聽完也就過去了。

可現在是什麼新花樣？要用猜的嗎？

二人一臉凝重的看著被放在茶桌上的耳環，大家都像在等對方先開口似的。

「潼兒，這個東西你有印象嗎？」看了幾眼，芙蓉只能肯定的說自己沒有這種東西，也沒印象見過。

「沒有。如果是王妃身上的東西，那塗山應該比較清楚。」

潼兒自然也是搖頭，他的女裝是假扮的，也用不到這麼名貴的東西。而塗山假扮成孫明尚出沒時是由王妃的貼身丫鬟服侍的，見過王妃所有行頭的就只有塗山了，他們兩個真的不知道王妃有什麼首飾。

「是嗎？你們兩個都不認得？那就沒辦法了。」轉輪王沒能得到想要的答案有點失望，手腳滿快的把耳環慎重的收起，似乎沒有打算要把孫明尚的遺物交還。

「你在哪裡找到的？」芙蓉不敢直接問為什麼轉輪王會來，她不認為他是來找好朋友塗山的，若要找他就不會選他不在的時候來，所以為避免麻煩纏身，避重就輕的只問耳環相關的事就好。

「我們地府有地府找法，妳想知道嗎？」

「不，不用客氣了。」毫不猶豫拒絕了轉輪王的好意，芙蓉無法忍耐和對方同處一地太久，從對方剛坐下開始她已經十分坐立不安，即使站在潼兒身後她也覺得生命會受到威脅，她倒是沒有自欺欺人的認為隔了潼兒就能有多重保護。

「可惜，難得我有心情想要詳細解說給妳知道呢！」

潼兒不太自在的看了看面前悠悠喝茶的轉輪王，他其實想上前替轉輪王添茶的，但芙蓉緊抓著他的肩膀，進退不得的他一臉鬱悶。

轉輪王真的有這麼可怕嗎？

地府十殿之王偶爾會到紫府，所以潼兒對他們不會太陌生，雖然東嶽帝君的個性處在冰點之下，但十殿的主子們卻不難相處。當然，他們也是各有特色，但整體而言不是太難相處的人。

他的記憶中，轉輪王自顧自說話時只要不理他就行了，不過芙蓉大概不會知道這點，因為平時只要聽到和地府高層相關的字眼她都要逃走，應該不可能認真聽過相關的八卦。

「那耳環難道不是還給我們的嗎？」芙蓉看著轉輪王把耳環收起又再若無其事的伸手拿點心，

那可是她很喜歡吃的一種甜餡餅呀！看著轉輪王兩口一個的吃著，芙蓉多少有點肉痛的感覺。

「多謝招待了。接下來我還得去找尋耳環的主人。」無視芙蓉的問題，吃完點心轉輪王伸手把茶杯遞到潼兒面前，要添茶之意表露無遺，一點也不客氣。

「等等！你自己說完一番後就算了嗎？」

芙蓉一句話說了出來她是舒暢了，但在她身前做擋箭牌的潼兒心中立即發出慘叫——在仙界受寵的是芙蓉不是他呀！幾大巨頭都由得芙蓉鬧事，不等於也寵他這個小小的仙童呀！

而且地府從不理仙界寵不寵，對地府主子們來說，論仙階，芙蓉就只是一個小女仙，仙階不算高，至少沒高到可以用這樣的態度和十殿之主說話。

芙蓉自己也應該明白這個道理，不然她就不會怕東嶽帝君怕到要死了。

「芙蓉！不可以這樣和轉輪王大人說話呀！」潼兒死命的向後縮，但是躲在他背後拿他當擋箭牌的芙蓉一步不讓，還有點不人道的推他去轉輪王那邊送死的意圖。

「要跟嗎？」

「什麼？為什麼我要跟？」

「害怕嗎？那也沒辦法。」轉輪王站起身，拍了拍身上根本不存在的灰塵，一張不下塗山的美貌勾起一個玩味的笑容。

芙蓉下意識的退後，她心裡不禁腹誹了一下轉輪王的笑容比狐狸精的塗山更狡詐。

她怕死了！就算要逞強，也不會和地府的人逞一時之快，所以就算轉輪王明著用激將法，她也不會跟著起舞的！

只是她想漏了一點，轉輪王是個喜歡自說自話不理旁人的傢伙，就算不給任何的回應，只要他想，就會自動自發把想要拖下水的人物拉下去。

現在這個目標人物就是芙蓉了。

「轉輪王大人請等等！」潼兒這個擋箭牌盡責的擋了一下，眼看轉輪王就要一手抓了芙蓉翻牆飛出王府，他再無力也得盡人事問問轉輪王到底想帶芙蓉到哪裡去。

「東王公的小仙童放心，東王公的面子是一定要給的，我不會動你一根汗毛。」轉輪王認真的對潼兒一笑。有句話他沒說出來，要是讓帝君知道他亂動東王公手下的仙童，不用等到回地府的那天，他就會被凍成冰條了。

十王要親自上來凡間處理孫明尚的事是帝君的一句命令，而帝君會一反之前不想理的態度插手插得這麼徹底，背後不用問，一定是東王公開口要求的！

轉輪王暗暗嘆了一口氣，不用敕令也能叫得動東嶽帝君的只有東王公一個了。

「不，不是這個問題。」潼兒第一次感到自己如此無力，轉輪王的回答根本完全離題，但對方不肯正面回答他又能如何？對方是轉輪王，即使是非武鬥系的仙人，但憑他和芙蓉兩人聯手應該還是打不過對方的一隻手呀！

轉輪王一步一步走近芙蓉，在芙蓉轉身逃走之前，他一手抓住芙蓉的後領提起，同一時間點了芙蓉一下，暫時封了她的聲音，任芙蓉怎樣張嘴也叫不出噪音來了。

轉輪王的手臂並不粗壯，提著芙蓉翻了圍牆就沒力了。放開芙蓉的後領，他解放了她的聲音就逕自起步，也不怕芙蓉爬牆躲回王府中。

走了十步，轉輪王又轉過身，似乎一早就知道芙蓉不會逃了。

「很好奇我帶妳出來做什麼吧？」

「我和你們無仇無怨……不對！為什麼綁架我出來！」無仇無怨四字讓芙蓉不自覺的想到了東嶽帝君，隨即立即打了個寒顫。

「難道妳要安安樂樂的待在王府種菜？不找出孫明尚，你們也不安心吧？」

但我不想和你一起找！

芙蓉在心裡大聲的吶喊呼叫，如果她不怕死敢叫的話，這心底話一定響遍京城！

只可惜她不敢。

「孫明尚的屍身沒有找到，但和她一起失蹤的那個丫鬟卻找到了。要看嗎？」

「不要！」

「也是呢！那具屍體泡得快要散架了，現在天氣這麼熱，那些腐肉什麼的壞得特別快，我也只是遠遠的看了一眼，那些蟲子……」

「請不要再說下去了！算我求求你！」芙蓉摀住自己的嘴臉色青白，剛才轉輪王的形容詞很具現化的在她腦海中浮現，天氣熱已經令人沒胃口，再聽這些噁心的東西而反胃吐出來就太辛苦了。

轉輪王滿足的一笑，然後無聲的又來到芙蓉的身邊，說道：「塗山此時跟在李崇禮身邊不會有問題，敵人大概也不會選這個時間接近。所以我們去蹲點。」

「蹲什麼點？你去蹲？地府人手不足到這個地步了嗎？」雖然沒有身體接觸，但總感覺轉輪王身上寒氣迫人的芙蓉，忍不住大熱天下搓著手臂上爬起的雞皮疙瘩。

「妳真的以為我想來蹲嗎？要是辦不好這件事，東嶽帝君可是會親自來的。我想妳也一定不希望見到帝君吧？」轉輪王瞇了瞇眼，有點不合禮數的湊到芙蓉耳邊，故意鬼聲鬼氣的說話。

這大概已經可以歸類為調戲的範疇，但是配上轉輪王的低存在感，比較像遇上阿飄。

「不想！我幫你，現在立即就去找！我們立即去！快去！」聽到東嶽帝君要來，芙蓉一下子就慌了，也沒心思去介意轉輪王湊得這麼近說話有失禮數，反而是她一手抓過對方的手臂就跑。

比起對地府十王的抗拒和恐懼，對東嶽帝君的恐懼更凌駕在千倍以上，一比之下她短暫性可以為了最後的利害關係和轉輪王臨時同行，只為了不把事情弄糟到驚動帝君現身的地步……

「有幹勁是好事，不過妳知道現在要往哪邊走嗎？」

芙蓉搖頭，臉上尷尬的一紅。

「妳可別跟我說用鬥志、毅力還有腳力就可以解決事件。」

「不，我什麼都沒說。」剛才的尷尬一掃而空，芙蓉連忙在胸前揮了兩下手，她再笨也不會說出那種熱血捕快般的對白。

可惜，轉輪王自己說夠了就沒再理會芙蓉在做什麼。看著他又先行一步的背影，這一刻芙蓉有一種感想——

深重的無力感呀！

轉輪王把芙蓉抓出寧王府之際，皇宮太極殿裡的早朝也差不多告一段落，前朝的各通道上一時之間充斥著趕著出宮的大小官員，塗山在這些人群中逆流而上擠回殿中。

皇帝已經先離開了，他前腳才走，後腳就來了他的貼身太監傳話，讓李崇禮和孫將軍到兩儀殿去見他。

太極殿上一些還沒走的人看到皇帝身邊的太監來傳話也感到好奇，嘴上沒說但心裡應該也在猜測皇帝見他們幹什麼。而當中，李崇文最希望事情再往糟糕的方向發展一下，如果可以在孫將軍到兩儀殿前和他說上幾句，短短幾句話或許不能一下子讓孫將軍完全對李崇禮反感，但負面情緒多一點也就足夠了。

李崇文遲遲不肯離開，見他想走過去李崇禮身邊，同樣仍留著沒走的李崇溫眉頭一皺，他可不會讓他三弟如願以償，所以那位御前太監一說完他就上前攔著李崇文，顧左右而言他的分散李崇文的注意力，讓他眼睜睜的看著李崇禮和孫將軍跟著太監離開。

正殿通往側殿去的長廊上，李崇禮和孫將軍兩人都靜靜的沒有出聲。

孫將軍稍微落後李崇禮一步半，後者沒有為意，因為孫將軍一向都是很守規矩的人，只是李崇禮沒有留意到孫將軍在身後一直盯著他看。

塗山、芙蓉都疏忽了一件事，他們只想著孫明尚如果死了要找人尋仇，除了找害死她的人之外，一定會來找李崇禮的，但他們卻沒想到孫將軍進京的第一天就已經遇上「孫明尚」了。

那天的天氣和今天一樣悶熱，當孫將軍輕騎來到位於京城的將軍府時，他發現一個在這大熱天下戴著黑紗帽、狀甚可疑的人在將軍府附近窺看。如果說這人是探子根本沒可能，一眼就看得出來的可疑人物來探情報，簡直就是叫人去把他擊殺。

一開始孫將軍沒有在意，而這次他回京因為急於起行，隨身的僕役沒帶幾個，護衛的親兵也才六個，行裝也少。他突然回京，將軍府的下人一下子亂成一團。

下人全都在忙，在上朝面聖前孫將軍需要休息整理一下心情。自踏進京城的土地後，他反而顯得比之前平靜，女兒的死已成定局，他進京其實只是為了讓皇帝表示哀痛的說一番安慰的話，然後他女兒的死就正正式式的蓋棺論定，孫明尚的真正死因恐怕是沒辦法查明的了。

他沒有大張旗鼓的宣布自己回京，寧王府到底有沒有確切知道自己已經回來，他也沒特地去打探。對於那個什麼事都一臉淡然的女婿沒有在他抵京後來找他，他一點也不覺得奇怪。

和他同樣沒有趕著到寧王府要求看看女兒的靈位一樣，冷靜下來後他覺得這一切都很正常，雖然夫人的弟媳傳來的消息說明尚和寧王二人的感情最近有進展，但即使如此，恐怕感情還不深，而他和女婿之間的關係也沒有好到互相串門子的地步。

婚姻是父母之命、媒妁之言，孫又臣年輕時也走過同樣的路，對於自己女兒嫁入王府成為王妃，雖然背後有一些政治成分，但作為父親，李崇禮這樣的女婿論家勢、背景、樣貌、人品，都已經是沒得挑剔的了。

以他女兒的個性，換成是另一位早已經納了寵姬美妾數名的皇子，恐怕他還不敢答應。

他雖官拜三品，父親鎮國公一生積下的功勞也多，但要是孫明尚因為那些姬妾而謀殺親夫，他一樣脫不了教女不嚴的罪責。所以當年皇帝開口問，他就答應讓孫明尚嫁給府中並無妻妾的五皇子李崇禮。

現在回想起來，要是沒答應的話，或許明尚不會這麼早死。又或是她命中註定要死，但換了一位個性不像李崇禮這麼冷淡的夫婿，在死之前或許女兒和夫婿可以恩恩愛愛的過上一段日子。

可惜時間是不可能撥回去的，也是沒得假設的。

雖然掛念女兒，但是孫又臣不會天真到認為女兒還會活生生的出現在他面前。然而，這種想法在他發現了那個鬼鬼祟祟的人的真面目時，粉碎了……

他不會忘記當時的心情是多麼的震驚！

那一聲帶著哭腔的爹爹是多麼的熟悉，那張臉蛋自己是多麼的懷念，還有那些小動作……如果說這是有人特地安排來蒙騙他的話，那在背後計畫這些的人相當的成功。

他就只有一個女兒，自問不會認錯，只是為什麼他的女兒……那個訃報上說已經急病去世的女兒會以一身平民的粗衣布裙出現在他面前，而且那略見驚惶和憔悴的臉容是怎麼回事？

心裡雖然有所懷疑，但像鬼迷心竅似的孫又臣還是讓這個可疑的女孩進了將軍府，交代下人好好的照顧和暗中監視。

這個女孩也有自己的一套說辭，她堅持說自己就是孫明尚，而且她沒有死，她的死訊是一場陰謀，說著的時候她句句嗚咽，哭喊著要爹爹信她。

有一刻孫將軍信了，女兒的死是一場假象？那是不是進宮後皇帝會向他說明一切？

但是冷靜下來後，他又覺得那女孩說的有點矛盾。

他想要知道事情的來龍去脈，但他卻又有種不論是在那女孩還是皇帝口中都不會得到真正答案的感覺。

這個想法一直在孫將軍的腦海中揮之不去，到他進宮和李崇禮打了照面，現在看著李崇禮的背影，他還是想不透究竟有什麼理由李崇禮會需要他的王妃假死，而且到底是怎樣辦到的？

「李崇禮，你身後的岳丈目露凶光的看著你呢！」一直隱身跟在李崇禮身邊的塗山把孫將軍的表情盡收眼底，但光是看表情也無法完全得知對方心裡在想什麼，他只好出聲提醒李崇禮一下，免得一會兒在皇帝面前因為沒準備而被孫將軍給陰了。

看在塗山眼裡，孫將軍這個表情一定是心裡不知道正盤算著什麼。以一個喪女不久的父親來說，他的反應顯得太過平靜，甚至連問都沒有多問一句，這不正常吧？

在面見皇帝之前，他應該怒氣沖沖的衝到寧王府，然後揪起李崇禮的衣領興師問罪一番，這才是孫將軍應有的表現吧？但現在這算什麼？還是如往常般一樣的生疏？只是有一點點疑惑？

「有什麼事嗎？孫將軍。」聽到塗山的話，李崇禮表情不變緩緩的停步轉身，臉上掛著淡淡的微笑詢問，相較之下孫將軍的表情僵硬得多了。

領路的太監識趣的停下了腳步，稍微退開幾步等候，雖然不應該讓皇帝等候，但一丁點時間讓這對翁婿交流一下也是必須的。

「寧王言重了。」

「是嗎？我還以為孫將軍一定有事想說、想問的。」

「我要問的問題很蠢，寧王會笑我這老人嗎？」

「將軍正值壯年，說自己是老人實在不妥。作為晚輩自然是不敢取笑長輩的，將軍但說無妨。」

「明尚真的死了嗎？」孫又臣表情一凜。隨著他的目光鎖定在李崇禮身上，多年行軍培養出來的肅殺之氣也襲向李崇禮。

換了是平常人，大概已經被氣勢嚇得後退幾步，但李崇禮仍是那個表情，淡淡的迎上那雙銳利的眼睛。

「君無戲言，將軍這話等同質疑父皇的親筆言，這大不敬的話若是外傳，恐怕會對將軍不利。」

李崇禮先正了正臉色，再掃了領路的太監一眼，見後者仍是一臉什麼都沒聽到的表情，又收回視線。他知道這些在宮中當差的人最會看臉色，這太監現在是一臉老實表情，轉頭必定一五一十的把他和孫將軍對話的內容全都告訴皇帝了。

「王妃是在我面前走的，在太后和皇后以及眾位娘娘面前。這種事怎能拿來開玩笑？將軍的問題有欠思慮了。」

李崇禮輕描淡寫的語氣讓孫將軍皺起了眉，看著女婿對自己女兒的死如此淡然，任何一個父親都不會愉快，但他是武夫不是匹夫，李崇禮的話可是說出了他心中一直存在的疑問。

若明尚是假死，假設皇帝、皇后和太后有目的的統一口風，但那些背後有著不同家族勢力的嬪妃是不可能口風一致的。

這也是他對府中那個「孫明尚」心存懷疑的原因。一開始孫明尚怎樣死的，孫將軍早已讓人查探，結果探回來的消息也和李崇禮現在說的一樣，事發的地點是太后的宮殿，在場的人什麼背景的都有，而且事情發生的很突然，作假的可能性很低。

和現在待在他府裡那個女孩說的完全是兩回事。

以他的女兒被譽為京城三大美女的容姿，要找一個替身不易。孫明尚只有一個，無論是用替身在太后的宮殿瞞過所有人的眼光，或是現在瞞過他的眼都很難，但如果他府裡的那位是假扮的，為什麼又會這麼像？

孫又臣和李崇禮兩人沉默了起來，塗山越聽就越覺得不對勁。

「這下可不好了，為什麼孫將軍會懷疑孫明尚沒有死？」

他在後宮演上一場毒殺的大戲，孫明尚這身分是死了，秦廣王也說得很清楚，孫明尚已經死了只是魂魄沒勾到地府呀！

正想沉思推論一下可能性，眼尖的塗山卻發現宮殿之間的渡廊旁邊有個鬼鬼祟祟在窺看的影子，他瞇起眼睛看仔細一點，那邊在偷窺的知道自己被發現了，連忙從一根柱子後閃閃縮縮的走出來。

「為什麼是你們？又來幹什麼了？」

四
兼職靈媒的王爺？

兩儀殿關上門後，裡面幾人算得上是一家子，而其他在殿門外的則你瞪著我、我看著你，他們非但不是一家子，連出身都差很遠。

「我想我一定是天氣熱中暑眼花了……上次秦廣王來時怕得躲到衣櫃裡的芙蓉，竟然臉不改色的和轉輪王走在一起？」塗山一副看到天下奇觀般驚嘆不已，目光掃過芙蓉和轉輪王身上還故意加上幾分疑惑的曖昧。

「你絕對是熱到眼睛了！你看我的臉色像一點事都沒有嗎？」芙蓉站的位置距離轉輪王最遠，充分表現出她對轉輪王的抗拒，如果可以她還想躲到塗山身後，只是一來塗山背靠牆壁沒空位給她鑽，二來塗山的臉色非常的難看，她不敢貿然的招惹他。

就像男人發現自己妻子背夫偷漢一樣！

等等！她這樣的聯想好像出現什麼很糟糕的歧義了？到底出牆的是她還是轉輪王……

不！她不能再想像下去，不然更糟糕的事情會冒出來！

芙蓉的想像迅速朝詭異的地方進發，不過維持不到幾秒，塗山板著一張臉飛快彈了她的額頭一下。

「嗚呀！」

反射性的慘叫一聲再摀著額頭蹲在地上，塗山一點都沒有留手，芙蓉痛得眼淚都要留下來了，表情可憐兮兮的。

「妳那張臉看得我很不爽，到底在想什麼混帳的事情！」心情正處於不快的狀態，塗山沒心情和芙蓉慢慢玩，他兩條眉毛高高的揚起，嘴角朝下，一副再敢惹他就動手的態勢。

「沒有！什麼都沒有想！」摀著額頭死命的搖頭，芙蓉覺得今天簡直是她的倒楣日，為什麼她要被轉輪王抓出來，現在還要平白受塗山的氣！她原本好好的在打理她的農圃呀！

一定是七月的錯！今天是七月的第一天呀！

芙蓉哭喪著臉埋怨著，前事像走馬燈在腦海掠過，然後她更加沮喪了。她發現回憶中即使是極度疼她的天尊或是玉皇，他們都曾經被她激得動手教訓她，小時候打屁股，大一點後打手心，連西王母也罰她跪過，但回想起來，東王公原來什麼都沒有對她做過。

除了用一張微笑的臉問她還想再炸多少次外，沒有別的動作了，沒有罰她，連罵也沒有罵過一句。他是真的不在意嗎？把她踢下來說是有把東華臺的維修費算進去，但芙蓉上次看過整本帳本，都沒有東王公提出的工作單，或許回去時多送幾株仙參當是還還人情好了。

其實東王公人也不錯，就是有個可怕的弟弟。

芙蓉的思想開始離題了。要是潼兒聽到芙蓉的心聲大概會哭著提醒她，其實她在凡間的首要工作不是養農圃的植物、也不是回想當年，而是李崇禮本身。雖說李崇禮的劫不知道哪天才來，但芙蓉閒得在種田真是有點太鬆懈了。

「轉輪王你又想怎樣？為什麼又跑回來了？」

教訓完芙蓉，見她稍後表現得服貼一點後，塗山把目標轉到另一個，雖然和轉輪王說話很累，但實在不得不把事情問清楚一點，只能盡量不被他牽著鼻子走了。

「我在盯梢，找到一點點線索後想懶也不行了，所以要盯緊一點。」隨意的坐在兩儀殿前的階梯曬太陽，轉輪王很是悠然自得的把玩著那只耳環，細緻的金飾扭花和寶石在陽光下閃閃生輝。

塗山看到耳環的款式後臉色一沉。

「轉輪王找到孫明尚的耳環了。」芙蓉小心的站在塗山的手沒法彈中她的距離，為了不讓事情發展到驚動東嶽帝君跑到凡間的地步，她即使覺得心有委屈也只能忍了！和直接被東嶽帝君擊殺相比，被塗山教訓或是和轉輪王同行都是絕對能接受的範圍，她最多忍著要擺蠟燭陣的衝動就是了。

「妳說找到了耳環，但是沒說找到她的人。」

「一定不是人。」轉輪王做出了更正，地府百分百肯定她已經死了。「京城中找不到屬於她的

氣息，這一點只要道行足夠，誰也可以辦得到。」

「所以你問我季芑的事？」

「不，你為什麼會覺得兩者是有關係的？」轉輪王搖搖頭，好像塗山認為季芑和事情有關是很奇怪的事。

「你……」塗山差點想把話駁回去，但細想一下，回嘴就會讓轉輪王有機可乘，最後話題就會不知道跑到哪裡去了。

「連你也找不到她的氣息嗎？」呼了口氣叫自己冷靜，塗山努力把話題盡量掌握在自己手中。

「不只是我，我們十殿中九人全都找不到。能把她藏得這麼密，對手的來路怎能不驚動我們帝君？」

「九人……」芙蓉的注意力只集中在九人這個數目上，她現在只見到轉輪王一個，但他言下之意是他的同僚們幾乎都集中在京城，那她外出很有可能隨隨便便的就遇上一個，這種情況很恐怖！非常恐怖！

「帝君他……」

「喔！事實上帝君……」

轉輪王正想說下去時，兩儀殿的門被太監輕輕推開，李崇禮和孫將軍面聖後出來了。

轉輪王住了嘴不說下去，塗山也沒追問，而芙蓉投向塗山的求救目光則被無視了。

見孫將軍出來，轉輪王從梯級上站起，說了聲後會有期便跟在孫將軍後面走掉了。而李崇禮從兩儀殿出來之後沒有說話，只是一副若有所思的站在簷廊下看著天空，良久才收回視線，目光不經意的掃向了芙蓉所在的位置。

芙蓉本來正在向塗山抱怨為什麼不問清楚帝君動向，卻很快察覺到李崇禮的視線，她第一個反應是檢查一遍自己是不是還處於隱身的狀態。

李崇禮的視線未免太準了，這次是完完全全看向她，就算他聽到了她的聲音，那也只是一個大概的方向，怎麼可能完全抓得準她所在的位置？

「李崇禮……怎麼了？」

李崇禮發現芙蓉已經走到他面前，聲音變近了，他又把視線從剛才的方向移近了一點。

「剛才和孫將軍待在一起最初沒留意，但待久了總覺得渾身不對勁，感覺身體像是之前病著時那樣不自在。」李崇禮聲音壓得很低，連嘴形也沒有怎樣動到，他這樣固然是不想在兩儀殿前當差的太監聽到他在自言自語。

雖沒有之前那麼嚴重，但那種虛浮的感覺他無法騙自己是錯覺。

「怎麼會！」

芙蓉想伸手去扶但被塗山拉住，李崇禮不可以讓一個透明人扶著出宮，那畫面說有多詭異就有多詭異！

雖然李崇禮並不是一碰就要倒的狀態，但是臉色的確比之前白上了許多。短暫的時間就讓他之前養上好一段日子的好氣息打回原形，芙蓉感到十分不滿。

她敢拍心口保證這座兩儀殿沒有問題，這裡的結界完好無缺，就算是上次的鬼魘也無法闖進來，她也沒發現到孫將軍身上有什麼不祥的東西，不過轉輪王跟著孫將軍走是不折不扣的事實。

轉輪王在找孫明尚的去向，他撿到了那只應該屬於孫明尚的耳環，而轉輪王更說了，和孫明尚一起出去的那個丫鬟找回了屍體，但孫明尚的沒有。

死了的魂魄，加上一具沒了生機的屍體，兩者加起來是什麼？芙蓉聯想出答案時打了個寒顫。

鬼魘……

上次後宮中的鬼魘，這次的也是？鬼魘是這麼容易就生出來的東西嗎？

芙蓉感到又鬱悶又生氣，她在仙界時也看了不少書，書上都說魔的形成除了魂魄要有很強的怨恨之外，單是一個人死了不一定成得了魔，要很多人的犧牲、有足夠的血腥、眾多的怨氣聚集才能生出一隻魔，但現在鬼魔好像不用錢的說有就有？

要是這麼容易的話，天下早就鬼魔滿天飛，要大亂了。

而孫明尚的情況，原本芙蓉以為她最多變成紅衣女鬼，從沒想過她會變成一隻魔！魔和厲鬼在級數上也有很大的分別，一般人類的修行者不一定對付得了鬼魔。

芙蓉正在專心的想鬼魔的事，難得的認真卻被塗山打斷了：「還要站多久？擋路。」

「呀！」

塗山伸手又彈了芙蓉額頭，惹來她的不滿視線。邊撫著自己的皮肉痛，芙蓉發現李崇禮已經起行離宮了，塗山是因為她還站著不走才動手的。

塗山的眼神不懷好意的看著芙蓉，看得芙蓉渾身不自在，怯問道：「怎麼啦？」

「芙蓉妳完全是自作孽呀！」

「什麼？我說塗山你被轉輪王惹得心情不好別發洩在我身上呀！冤有頭債有主，你對轉輪王有什麼不滿去找他尋仇呀！」

「哦！這道理還不用妳來教我。」塗山勾起一個微微不屑的笑容，可惜芙蓉根本就看不出塗山是在諷刺她怕東嶽帝君一人連帶怕了整個地府的糗事。

趕著芙蓉先跟上李崇禮，路上遇到一些留在宮中值班的官員，他們看到李崇禮都不約而同的問候著身體是否有不適，特別是李崇禮有閒職的禮部同仁，恐怕李崇禮回朝第一次就臉色蒼白離宮的事，轉眼就會傳遍朝野。

「如果說李崇禮之前是一個香軟的饅頭，現在他應該變成精緻又可口的菜餡了吧？」

塗山這很有轉輪王風格的話聽得芙蓉一頭霧水，好端端的為什麼突然說起饅頭和菜餡了？芙蓉一臉鄙夷的看著塗山，他竟然會說出這種奇怪的話，難道生氣是可以氣得頭殼都壞掉嗎？

「妳在府裡種出這麼多奇奇怪怪的東西，難道不覺得有問題嗎？」

「有什麼問題？我最多只是設下一個小小的聚靈陣而已，有效範圍就農圃那點兒和那房間呀！」大帽子看似要扣在頭上，芙蓉自然要捍衛一下自己，一開始她讓潼兒幫忙開墾那小片農圃時，塗山也沒有說過一句話呀！現在有事情了就要賴到她頭上？

真的當她打不過就要任他欺負了？

芙蓉一雙大眼睛迸發出迎戰的火花，假如視線能夠殺人，塗山雖能不死，但身上應該也要被燙出兩個洞來了。

「如果只有聚靈陣的話是沒有問題，要是只有潼兒去打理那些東西也沒有問題，怎偏偏是妳呢！芙蓉。」

「你別什麼都扣到我頭上呀！」芙蓉還是不明白這和她自作孽有什麼關係。

「芙蓉妳是什麼而生的女仙？」

「天地靈氣而生的囉！你是明知故問嗎？」

「所以這樣的妳加上聚靈陣會產生什麼效果？我也是太大意了，一開始沒有留意到這一點。」

「會有什麼效果？」

塗山有種對牛彈琴的感覺，或者真的不能怪芙蓉，她第一次下凡很多事都是第一次，想來她用聚靈陣養東西是一向的習慣，但仙界沒有凡人，她自然不知道她本身加上聚靈陣對凡人的影響。

「妳養出來的人參都能掙扎了，換轉在人身上，妳說會怎樣？」

「唔……」芙蓉先是摸著下巴認真的思考著，塗山說的她還真沒有想過，努力的在腦海中把以前看過相關的東西從記憶深處挖出來。

一想事情她人就站定，忘了跟著李崇禮的轎子，還得勞煩塗山動手把她推著跟上大隊。

至於塗山拖著芙蓉的方法一點也沒有憐香惜玉，手一動把芙蓉披在臂上的披帛拉過，一端綁著芙蓉、一端用來拖。要不是芙蓉正聚精會神想事情，恐怕第一時間已經反彈了。

「天呀！」當李崇禮轎子的隊列快將走到王府，芙蓉終於想出問題所在了。而這驚恐的叫聲差點讓轎裡的李崇禮命人停下轎子，不過他的反應也不及芙蓉來得快。

輕風吹過，夏用較輕薄的轎簾隨風掀起，然後在轎中休息了一會臉色好了不少的李崇禮就看到一臉抱歉的芙蓉。

單腳輕輕點在轎緣，用法術掠到轎前的芙蓉只差沒有一臉眼淚鼻涕的認錯，李崇禮只能給她一個錯愕的反應。

「我對不起你呀！」接下來是芙蓉的嚎哭。

※　※　※

大朝結束後，李崇禮也不用五天上朝一次，有事禮部自然會通知讓他過去。現在朝中既無外使，也沒什麼大儀要辦，李崇禮的生活和回朝前一樣，都是靜靜的待在王府中看看書、寫寫字。

現在不能用閉門謝客來推託，所以上門來的客人變多了。這幾天來拜訪的都是些不同背景的人，看樣子是來探口風的，大家都想知道那天在兩儀殿裡，皇帝到底和孫將軍、李崇禮說了什麼。事實上皇帝也沒說什麼重要的事。那日三個人關起門以自家人的身分談了一下孫明尚的事，但將心比心，李崇禮也覺得只說了幾句就能撫平孫將軍的喪女之痛嗎？

聽完了皇帝的體己話，孫將軍自己心裡有數，這些話皇帝說完了就是了結了這件事，他是真的沒辦法追究了。

客人登門拜訪的時間大多在午後，所以午前的時間李崇禮大多會看看書。那天上朝回來後因為他說了感到不適的緣故，被芙蓉關在房裡休息，連他覺得悶想開窗也不行，只能聽著芙蓉一邊唸全都是轉輪王不好什麼的。

李崇禮沒問是不是又有什麼不得了的人物來了，知道了他也只是多一樣事情要煩心去想，也就不問了。

今天他興之所至不肯再待在房間裡，趁著芙蓉在午前打理農圃時到花園逛了逛。雖然天熱，但李崇禮幾天沒見過太陽了，坐在正苑的花園邊上看看花草也是另一種寫意。

「呀！你怎麼跑出來了！」

農圃的位置是在正苑的後方，從那邊回去偏屋得先繞到前面來，抱著兩個盆栽從農圃走出來的芙蓉和潼兒看到李崇禮一個人坐在花園曬太陽，就要尖叫了。

「悶了幾天，我身體也沒有大礙了……」李崇禮剎那間有種心虛的感覺，覺得被抓包，臉上的笑容也不禁尷尬了幾分。

芙蓉一手抱著一個盆栽還像悍馬般衝到李崇禮面前，在距離五步的地方又猛地剎停腳步，跟在後面的潼兒差點收不住撞上去。

「不不不……這些東西還是不要拿得太靠近他比較好。」芙蓉把手上的盆栽先放到一旁，然後才走到李崇禮的面前仔細看了看他的氣息，沒大礙了才默許他跑出房間曬太陽的事。

那天一邊向李崇禮道歉、一邊巴在轎上回來，一到王府她就率先趕回正苑小心查看了府中靈氣的流動，之前沒有特別感覺，但被塗山提起後，芙蓉發現王府正苑中靈氣的流動太活潑了。

塗山拿她種的人參做例子，一株普通的人參在這樣的環境下可以硬生生的變得會動會跑，一個人養在這樣的環境會怎樣？

這簡直就是修煉的良好環境呀！長久待下去，十年修行一年即成，說不定會變成修道者的聖地。

而李崇禮怕是會成為第一個了。

才待了一個月多一點，他也沒修煉過什麼，靈感卻已經高了這麼多，先前已經可以隱約發現隱身的她，現在連她和塗山都沒感覺到依附在孫將軍身上的穢氣都察覺到了，再不處理，李崇禮恐怕會成為李氏皇朝中第一位兼職靈媒的王爺！

身上的靈感增強是雙面刃，靈感強大像芙蓉這類是天仙身上自有罡氣護身，而塗山是千年老妖怪，護身的法術可不少。而李崇禮只是個普通凡人，還是身子本就不強壯的那種，要是他會一點點防身法術，他靈感再強也無礙，還可以視作實力有所增強，但要是真的教他法術，那不就等於把李崇禮一手推進靈媒修道之路？

保人渡劫保到把人家渡成靈媒，傳出去她一定會被九天玄女拍飛衝出九重天的！

思前想後，萬一李崇禮真的變成靈媒，她的罪過就大了，所以芙蓉忍痛的把心一橫，將農圃的聚靈陣給撤了，只留下偏屋中的用來種比較貴重的植物。

「這是什麼？」李崇禮示意芙蓉坐下，也讓潼兒把手上的東西擱在一旁，難得在花園遇上，他正好邀二人一起喝茶聊聊天。

「山蘄。」芙蓉看向自己的精心傑作，這幾株山蘄雖然沒了聚靈陣的滋養會少了幾分靈氣，但是個頭可是種出一等一大的！包准連宮廷御醫也拿不出這麼大的。

「我對藥經沒什麼研究，這山蘄是……」李崇禮看著那幾株移進盆子中的植物，他不太懂草藥，現在看到的這株植物自然也沒見過。或許他有見過製成後的樣子，但還活生生的就沒見過了，而且山蘄這名字也太陌生，自己喝藥喝過不少，好像也沒聽過這味藥材？

難得出現自己掌握不了的事情，李崇禮也多了幾分興致。

「其實就是當歸。芙蓉就是喜歡挑那些讓人聽得一頭霧水的名稱來說。」

潼兒早就自發的去打點茶水，這幾天因為李崇禮被芙蓉關在房間休息，連書房都不能進，所以他不必侍候筆墨就被當作勞動力抓去農圃幹活了。而那堆被芙蓉種得奇奇怪怪的植物不標上名字，潼兒還真的認不出來。

「當歸不好聽嘛！」芙蓉接過潼兒遞來的茶水，滿意的想著自己的各種收成，她的煉丹……不，是煉藥大計很快就可以開始了。

「都是一樣的東西，自然要挑個大家都認得的名字來叫。」

「我聽塗山說還有更厲害的東西被妳藏起來了。想來芙蓉妳對藥材也很有研究呢！」李崇禮不知世間險惡的一說完，芙蓉那笑容大得快裂到嘴後了。

「放心！我留了一株極品人參給你！至於我對藥材有認識嘛，因為我最擅長的就是煉丹呀！都是差不多的東西，換湯不換藥的，等過陣子煉好藥了給你試試！」

芙蓉說得眉飛色舞，潼兒卻是驚恐的朝李崇禮又是搖頭又是做口型的，想的就是李崇禮不要自投羅網。

「那就拜託了。」

可惜李崇禮還是點頭了，自己開口接下頭號白老鼠的位置，潼兒也只好在心裡掬一把眼淚，往後只有自己留神別讓芙蓉給李崇禮吃些太過危險的東西。至少芙蓉種的這些東西都是無害的，的確也是上品，要擔心的只有她在把藥材融合時會不會產生異變。

「說起來，李崇禮你今天有見到塗山嗎？」

「沒有。他也沒跟你們說要去哪嗎？」

「這狐狸精真是沒擔待。」芙蓉嘟囔了幾句，但很快就把塗山拋之腦後，因為李崇禮讓潼兒去拿點心了。

看到芙蓉饞嘴的樣子，李崇禮笑意深了不少，芙蓉來了這麼久就只愛吃這些涼糕點心，再多就是吃一點素菜，基本上她都不用正餐的，難得看到她有喜歡吃的東西李崇禮不介意有求必應。

看著她單純因為食物好吃而高興的樣子，他也會跟著感到開心一點。

他們兩個人待在一起時，大多時間是芙蓉一個人在說話，她不外乎像前幾天一樣問著李崇禮身體各方面的感覺，話題總是避開了孫將軍的事。

其實相處沒幾天開始，李崇禮已經知道芙蓉的說謊能力等同零，岔開話題的技巧也很稚嫩，話說多了他不想發現她避談孫將軍也不行。

「王爺。」來花園的通道上，歐陽子穆不知道是什麼時候來到的，他臉色凝重的喚了一聲，見芙蓉在場先是猶豫了一下，似乎要稟報的事有點重要，需要考慮屏退左右。

「無妨。」

見歐陽子穆在場，芙蓉也不好再和李崇禮平起平坐，想站起身退到一旁裝回丫鬟的模樣，但才一起身，手腕卻被李崇禮拉住，雖然他的力度不大，可是已經足夠拉住她不讓她走了。

芙蓉只好繼續坐著，她有點不好意思的看向歐陽子穆，誰知不看還好，一看之下，對方那張了然、默認、別有含意的眼神讓她在瞬間羞得無地自容，她不得不想起在王府中瘋傳過的流言。

雖然歐陽子穆沒有盯著她看很久，但是芙蓉已經覺得自己的臉熱得發燙，連隔著衣袖，李崇禮拉住她的手都特別熱似的。

芙蓉因為害羞又因為尷尬而滿臉通紅，不過很快就演變成惱羞成怒似的，一生氣兩頰就鼓起來瞪向李崇禮，剛才拉手的那一下李崇禮做得太自然，但他現在被芙蓉一看也好像不太自在似的，只是笑了笑鬆開了手。

他放了手，她也裝作若無其事，雖然臉還在紅，但她有的是厚臉皮，照樣坐著準備一句不漏的聽著歐陽子穆的報告。不過，剛才加速跳了幾下的心跳還沒平復下來……

沒想到她自己主動碰他時不會覺得害羞，反過來卻完全不同。以前潼兒也不是沒有拉著她、阻止她去闖禍，可潼兒拉她時，她完全沒有現在這樣又羞又惱的感覺。

歐陽子穆見眼前的兩人似乎沒有糾纏下去的打算，在李崇禮眼神示意下，他裝作剛才什麼都沒看到似的開始報告。

「孫將軍府中傳出了流言，說將軍懷疑王妃的死是王爺在爭儲之位中的布署。」

「從孫將軍口中？」

「是的，有下人聽到將軍在喃喃自語。」

「這幾天有人到過孫將軍府上嗎？」李崇禮微微皺起眉，這對他來說絕對不是好消息，那天孫將軍問他的問題還有態度，一直令他疑惑。

這下可好了，原來孫將軍真的有這種懷疑，而且還說出口讓下人聽到了，這流言一傳出來恐怕又會再生事端。

芙蓉聽後也是一臉凝重，剛才的尷尬片刻已經飛到九霄雲外。她想的自然不是朝廷局勢會有什麼變動，她直覺孫將軍不像是這麼笨的人，那天皇帝都好好給面子而他也接受了，怎麼會現在才向外人表現出他有懷疑的想法？

這不太像是李崇禮口中提過的孫將軍，能領兵這麼久，孫又臣這個人不會是個匹夫笨蛋，根據她手上那本凡間宮廷自保生存手冊，傳出這種流言等同下皇帝臉面，當官久一點的都知道是大忌，孫將軍不可能會犯這種低級錯誤的。

而且孫將軍前後矛盾的態度讓芙蓉想起了鬼魔迷惑人心的能力，要是孫明尚現在有這能力，孫將軍對自己的女兒抵抗力較少也不奇怪呀！

「消息傳得很快，聽說三殿下和四殿下已經送拜帖到將軍府了。」歐陽子穆說出了令他臉色這麼凝重的主因，孫將軍想什麼他們控制不了，但要是現在有人還到他面前說三道四，那就大大的不妙了。

誰都知道孫明尚的死對外宣稱是急病，但事實上是橫死在張淑妃設的局中，在很多知情者的眼中，張淑妃已經是這次事情默認的真凶，只是礙於皇家面子沒問罪。

作為李崇禮心腹的歐陽子穆，事後從李崇禮口中知道了事情的經過——當然，芙蓉他們的真正身分李崇禮沒說——李崇禮等人知道孫明尚被毒死一事真凶不是張淑妃，同樣張淑妃的兒子李崇文也知道他的母親不是真凶，偏偏這人知道大部分的內幕，要是三皇子李崇文巧妙的在孫將軍面前搬弄是非，讓孫將軍就此認為孫明尚的死是李崇禮故意安排的，恐怕不是難事。

當一個人對別人產生懷疑後，任何相關的負面消息都會無限擴大。

「趁火打劫和落井下石的確是三皇兄的作風，但連四皇兄也要湊這熱鬧倒令我覺得奇怪了。」

「王爺，要趕去將軍府嗎？」

「不用。現在趕去就像是此地無銀三百兩一樣，只會讓孫將軍的疑心更大，再說，我不認為孫將軍是愚蠢的人，三皇兄和四皇兄就算對他說過什麼，也不一定有影響的。」

李崇禮只能靜觀其變，這節骨眼他越行動就越不妥。從孫將軍到現在也不願來王府看看孫明尚留下的東西，就知道他對此事心裡有著疙瘩，心結不解，他們的關係會惡化也是早晚的事。

「那……」

「子穆幫我繼續留意著吧！也替我在庫房選點清香的薰香送到二皇兄府中，看看二皇兄有什麼話吧！」

「是的。」歐陽子穆接了命令後準備退下去，臨走前看了芙蓉一眼，有點欲言又止的樣子。

芙蓉被看得不自在，要是平日誰這樣盯著她看她早就瞪回去了，但是她現在得忍著，府裡的流言已經傳得夠多了，剛才李崇禮偏偏又拉住了她，天知道這個動作會讓人有多少誤會！她可不想讓自己再多一條得了王爺歡心就連歐陽子穆都不買帳的罪名。現在要不是她和潼兒夜裡一定回到大夥兒的屋裡去，否則傳言一定會更加難聽和不堪。

歐陽子穆才退下，潼兒就抱著放有點心的盤子回來，和對頭走來的歐陽子穆福身行了個禮，兩人看似交談了幾句，交情似乎不錯似的。

李崇禮沒表示，好像剛才他什麼都沒做過，但看到芙蓉泛紅的臉頰，他不自覺的深深的笑了，看了看自己的手，像是要回憶剛才握在手中那手腕的感覺。

見她過於不自然，李崇禮也不希望兩人相處融洽的關係因為剛才他一時衝動的動作化為烏有，正好歐穆子穆和潼兒兩人在聊天，給他轉移話題的機會。

「子穆看來很喜歡潼兒。」

「呀……兩人的年紀相差得有點遠了吧？從外表上最少也差了十年。不對！潼兒是男孩子來的！」芙蓉很快就應聲看過去，一看到子穆與潼兒和樂融融的聊天，八卦天性被引發出來的她已經把剛才的尷尬拋諸腦後了。

「我知道。」

「那你還說出這麼可怕的話！被潼兒聽到了他說不定會上吊呀！」芙蓉一張俏臉裝出一副恐怖、危言聳聽的神色。

歐陽子穆一定是對潼兒有什麼的呀！不然為什麼他只對潼兒這麼和氣？又不見他跟她說話這麼客氣又和藹呀！

「但看在子穆眼中，潼兒就是個小姑娘呀！」李崇禮微微搖了搖頭，不像是覺得歐陽子穆對潼兒好這件事是有趣的事。

「原來歐陽子穆是個變態，喜歡小丫頭的。」芙蓉神色一凜，直接把歐陽子穆掛上標籤了。

「妳誤會了。潼兒現在的年紀和歐陽子穆已經不在了的弟弟妹妹差不多，就算潼兒不打扮成丫鬟，他大概也會把潼兒看成是自己的弟弟。」

「呀……是這樣呀？」聽到歐陽子穆的弟妹俱已不在，芙蓉的同情心一下子又冒了上來，變態的標籤也是第一時間在她心裡被撕走，換上同情二字。

「你們在聊什麼？」和歐陽子穆說了幾句話，潼兒小跑步的過來，把手上的盤子放好後好奇的看著李崇禮和芙蓉，李崇禮還是微微笑著的表情，不過芙蓉可好分辨了，扁著嘴紅著大眼睛，好像連眼淚都要掉出來了。

「潼兒呀！你要好好的對待歐陽子穆呀！」

「妳是怎麼了？難怪歐陽大人說妳看起來不對勁，剛才他說看到妳又是臉紅通通的，接著眼睛都向上翻了，可能是中暑，才說讓我過去叫妳去休息一下呢！」

「什麼中暑？我什麼地方像中暑了？」聽到歐陽子穆竟然把她臉紅的事說了出去，而且還誣衊她中暑翻白眼，對他的同情心剛勾起沒多久又熄滅了。

「一定是芙蓉妳剛才想瞪人，結果變成翻白眼吧！」潼兒認真的分析，以他對芙蓉的認識，這個結論八九不離十，連坐在旁邊的李崇禮也忍不住笑了不是嗎？

「我會做出這樣的事嗎？翻白眼這麼沒氣質的事我會做嗎？」

被潼兒笑也就算了，連李崇禮都笑她，芙蓉覺得丟臉極了。不過還好她的臉皮夠厚，睜著眼說瞎話她也會，一口咬定別人不信就多咬幾口，多說幾次後就會變成事實了。

「妳會呀！現在就在做了。」潼兒指著芙蓉的臉。

正好芙蓉此刻剛又翻了一記白眼，人贓俱獲，這下她完全沒辦法反駁了。

「別說我了！李崇禮，曬太陽的時間過了，中午太陽很毒你快回屋裡去。至於潼兒嘛……我想起來了，之前收割好的不少藥草這幾天也曬好了，正好你現在有空去把那些都整理一下吧！」惱羞成怒，芙蓉把怒火發洩到還在場的二人身上了。

「不要！我……我要待在王爺身邊呀！塗山是這麼說的。」

潼兒知道整理藥草之後就是順便讓他把煉丹的材料分類出來，然後會順便叫他把煉丹爐點起來。拿草藥去熬涼茶也就算了，但要拿命搏的煉丹生活，可以的話能拖一天就是一天呀！

「塗山現在不在，你是聽他的還是聽我的？」芙蓉笑容燦爛的一步一步接近潼兒，後者你進一步他退兩步，最後差不多人都躲在李崇禮身後了。

潼兒哭喪著臉，心裡當然是想說自己聽塗山的！是待在李崇禮身邊還是陪芙蓉處理藥材，不用放在秤錘上比較都知道要選哪個，可惜能出聲幫他一把的塗山不在，他又打不過芙蓉，也不能逃跑，只能屈服在芙蓉的淫威之下了。

五
神仙受傷也會痛的…

塗山今天很積極，他們寧王府仙人三人組中最年長、最獨立，遇上外敵也能獨自應付自如的就只有他了。

雖然大家的出發點有些不同，塗山上次在註生娘娘廟的時候，也嘴硬的在季芭面前把話說得像是勉為其難才答應幫忙，幫得不情願，但事實上塗山除了偶爾嫌芙蓉對地府畏首畏尾之外，他倒沒有更多的不滿。

過去長年累月一個人待在滿是女人的後宮中，連個好點的說話對象也沒有，現在有個單純又好戲弄的活生生玩具……不對，是談話對象，塗山雖沒說出口，但其實心裡滿高興的。

要是十幾二十年後他還待在後宮，他應該會得到自言自語的毛病，或是心理開始變態起來。

今天他的行動沒有事先告訴芙蓉或潼兒，反正李崇禮除了朔望日的大朝外都不用上朝，芙蓉和潼兒這兩個假丫鬟雖不能睡到日上三竿，但比起李崇禮要上朝的日子還是可以晚起不少。

塗山出門的時候他們倆還沒醒，所以乾脆不告訴他們兩個，天未亮他就出了王府，混進上朝的隊列中，進宮去探消息了。

看他多麼體貼啊！

以上是塗山單方面的自誇。要是說出來，芙蓉大概會做出一個懷疑和鄙視的表情吧！

朔望日大朝以外的日子，早朝在兩儀殿進行，上朝的人數也較少，不過議事的內容卻比大朝時詳細多了，時間也花得比較多。

塗山待在兩儀殿直到朝議散去，一來留意宮內的消息，二是看看來上朝的官員們之間有沒有知道什麼他還沒掌握的情報，有時候即使是流言也是有用的。

時間不知不覺接近中午，這時候除了輪值的官員外，大都已經打道回府，留下的人都是些不太重要的人物，監視下去也沒什麼意義，塗山乾脆繞到皇宮的其他地方打算看一圈再回去。

自從那天見過轉輪王之後，塗山總有一種不安的感覺徘徊心中。和地府十王認識這麼久，他們每一個人擅長什麼、個性是什麼，塗山也頗清楚，連一向以文職為主的轉輪王都被派出來，不是因為地府人手不足，恐怕是不得不做這樣的安排。

塗山基本上確定東嶽帝君本人已經插手了，地府中最難服侍的帝君不只是芙蓉怕他，連十王對他也大都抱有一種畏懼心理。

雖然轉輪王說是抽了下下籤才會來跟監孫又臣，但其餘九王扣掉楚江王還剩八個，這八個人中比轉輪王合適跟監孫將軍的大有人在，為什麼偏偏會是十王中最懂得應付東嶽帝君的轉輪王中籤？如果不是東嶽帝君行動了，餘下的八人哪需要合力把轉輪王扔到最易中大獎的任務上？

只是現在不能確定帝君是否已經來到了凡間，甚至已經待在京城，他那種級別的仙人真的要藏，就不會有人找得出來。

離開前朝的範圍往後宮走去，塗山閉起眼睛也能找出長生殿的方向。皇帝此時還在兩儀殿，長生殿前只留下一些例行的守衛和值班的太監，大白天也不會有嬪妃跑來請安，塗山來到長生殿的宮門前，難得感到一點冷清，還沒走近宮門已有一人讓他停下了腳步。

妖豔的鳳眼瞇得彎彎的，嘴角的線條也勾勒出一個動人的弧度，現在塗山這正宗狐狸精的模樣，讓站在長生殿前的人輕輕嘆了口氣。

白色輕紗依舊，在紗帽之下季芑那張清秀的臉帶著難以掩飾的愁意，雖然這次下凡他已經有心理準備和塗山不會只見一、兩次面，但不得不說即使他懷念兩人昔日的友情，每次見面他留在心裡的卻只有一次次的落寞，每一次都令他覺得心要涼了。

這一黑一白兩個人影就如他們身上所穿衣服的顏色一樣，強烈的對比，也像是表現著兩種不同的立場。

「塗山，長生殿裡不會有你想找的東西，現在你也不應該來這裡。」嘆了口氣，季芑盡責的擋在長生殿前，不讓塗山踏進他身後的結界範圍。

「我的小探子說長生殿有很可怕的存在，原來那是你嗎？」皮笑肉不笑的牽了一下嘴角，塗山也沒有賭氣的硬要向前走，直覺告訴他長生殿的結界不是季芑設下的，絕對是一個比季芑麻煩很多的人動的手腳。

而且這麼快再見到季芑，讓塗山心中的疑慮又加深了一層，看來不只是有人藉季芑和他以前的交情託他稍微照顧芙蓉這麼簡單，季芑本人根本一早就牽涉在這次爭位的事情中。

說不定季芑知道的比他更多，想到這裡，塗山的心情更不爽了。

「不是我。只是我能保證嚇跑你那些小探子的人不會傷害李崇禮。」感覺到塗山話中包含的敵意，季芑有點心慌的忙著解釋，長袖下的手都已經握得泛白，他只怕塗山認定他是敵人，無論如何季芑也不希望他們變成敵人。

「你憑什麼保證？季芑。」

「我奉九天玄女之命前來，玄女娘娘的話能作保吧？塗山……」

季芑對塗山不太信任自己的視線感到黯然，以前的好朋友現在只能剩下這種虛情假意般的客套，每次看到塗山那像假面具般的笑容，季芑的心就像被刺了一下。

這種感覺一點也不好受。

「九天玄女？讓芙蓉下來的是她，讓你來找我幫忙的也是她吧？」塗山不知不覺已經站在芙蓉的立場去想，即使不這樣，他也想不到為什麼九天玄女會有這麼前後矛盾的安排。

「因為現在仙界插手了。」季芑模糊的說了一句，眼神也下意識的避開塗山的凝視，看在已經心裡不滿的塗山眼中這根本就是心虛。

「所以我才不喜歡仙界什麼的，做點事也要神神祕祕。」塗山語帶不屑的說。

把事情透露一丁點然後大半又閉口不言的處事作風，他從以前就一直討厭這樣不乾不脆的。要是不能說，應該從一開始就隻字不提，沒必要說漏幾句來吊人胃口，根本就是把別人當傻子耍！而且從季芑口中說出來就更令他感冒了。

過去季芑從不會這樣處事的。

想起從前，塗山不自覺的放柔了表情，但隨即又板回原狀。

「有些事我真的不能說，塗山……我不會害你，你現在還是回去的好，不然就要出大事了。」季芑邊說邊走前幾步。

透過白紗，塗山看出他臉上的擔憂，這表情還真像以前他們還是好兄弟時的季芑，正是這樣他才會對季芑生氣卻恨不了他，因為季芑善良的本性從沒改變。

不過，心裡這樣想是一回事，塗山是個口硬心軟的人，既然一開始就對季芑擺出了抗拒的態度，礙於面子他會一直裝凶裝下去。

對季芑凶了，有時回頭一想也會覺得自己在欺負人，這麼多年來每次見到季芑都不給他好臉色看，但季芑見了他卻從沒有生過一次氣，每次都是笑笑的來，苦笑著離去。

「出事？」塗山的語氣放溫和了些，想別人再吐點情報也不能太強勢，而且塗山怕再欺負下去，季芑會飲泣給他看。

「三皇子和四皇子送了拜帖給孫將軍，而當中又數三皇子和你在意的那位五皇子不和，他這樣去見孫將軍怕是有什麼意圖……」季芑似乎在擔心自己的話會被人聽到似的十分小心，目光更是不時看向身後的長生殿，活像那裡有什麼令他忌憚的東西。

「季芑，你最好求神拜佛李崇禮不要有什麼事。」不太愉快的撇了下嘴，塗山瞪了季芑一眼，明白的警告他說的話快踩在他的底線上了。

「我不希望他有什麼不好的心情是和你一樣的，只是我們的作法不同。塗山你就不能稍微相信我嗎？」季芑看著塗山，有點委屈似的垂下了頭苦笑著。

紗帽的垂紗一下子遮住了季芑的姿勢，他的手像是做了個抹臉的動作，塗山立即心一驚，不會

是真的把人弄哭了吧！

「要是一丁點也不信你，我才不會站在這裡和你說話，早就動手幹掉你了。」塗山有點良心不安，口氣再硬點的話也說不出口了。

「三皇子的星相淡了，命中註定的一劫，他出事恐怕會牽連甚廣，塗山你還是先回去吧！」聽到塗山語氣和善了一點，季芑高興的破涕為笑，笑容差點要發出閃光了。

「孫將軍府有轉輪王在，就算真有什麼也不是誰去就誰死吧？」不習慣被季芑用閃閃發光的眼神看著，塗山用衣袖掩著嘴咳了兩聲，順便把話題轉到正事上。

「轉輪王也不是萬能的，我也是剛剛收到消息，轉輪王現在不在將軍府中。」提到轉輪王，季芑也正了神色，說到這事他皺起的眉頭比塗山更甚，似乎他知道的都不是好事，再說下去兩人都會更愁雲慘霧了。

「孫明尚看丟了。」

季芑說完這句話後，塗山硬直的站著好一陣子，努力的消化著這話中意思帶來的形勢變化。

夏蟬賣力的叫著，長生殿前的兩人在這夏意盎然的環境中站著曬太陽，季芑穿白衣散熱良好，又戴著紗帽，就算曬著還不至於熱得很厲害，但是塗山一身深色衣服，在這大太陽下季芑都有錯覺他要嚦得出煙了，或是氣得出煙？

「那個沒用的轉輪王！」

塗山忍不住喝了一聲，心裡卻早已用盡了懂得的三字經粗話問候轉輪王一遍又一遍。那傢伙還說自己有線索，又說自己去盯梢，他人就在將軍府竟然還能把人給看丟了！

現在孫明尚不在將軍府，那她會到哪裡去？

心裡有著不好的預感，塗山想著儘快趕回去寧王府，他在皇宮的小探子們卻偏偏在此時氣吁吁的趕著跑來。

「塗山大人──呀！」

領頭的小妖貓跑了整個皇宮終於找著塗山的所在，原本感動得眼淚都要狂飆了，可是當一身白衣白紗帽的季芑出現在牠的視線範圍後，小妖貓一身的毛全都豎了起來，說話的尾音立即提高了不止一個八度，連蹦跳的動作也在半空中凝固了。

「別尖叫，他不會現在滅了你們。」伸手把妖貓撈到手上，對於自己的小手下被季芑嚇得快要得圓型禿毛症的樣子，塗山心裡不太滋味。

真的要打起來，季芑絕對不是他的對手，偏偏季芑是正式入了仙籍的仙人，身上帶著的仙氣自然會令弱小的妖怪不由自主感到畏懼，他們兩者現在最大的不同就是這一點吧！

「塗山大人，後宮那邊出亂子了，張淑妃聽說三皇子離開將軍府後出了事，現在大吵大鬧說一定是寧王殿下和孫將軍的陰謀，又哭又叫的說要討回公道呀！」

「那個女人又想幹什麼！」塗山咬了咬牙，季芑才說完三皇子會出事，而且才說了沒多久，壞消息就來了！

最後看了季芑一眼，塗山飛快的從長生殿掠到後宮，遠遠的已經聽到太后殿中張淑妃的哭聲。她哭得一整個淒厲斷腸，明明她的兒子還沒死，但作為母親的她卻哭得活像兒子已經被人砍成一段段還被棄屍荒野似的。

「到底是怎麼回事？有聽到宮人們說什麼嗎？」

塗山對那哭聲感到煩厭，直想把耳朵掩起來，而他肩上的小妖貓就早就用爪子掩著耳朵了，密實得差點連他說話都聽不到。

「沒有，只是有人報訊說三皇子出事了，消息也是從張淑妃來太后這兒哭才傳出來的。」

「這麼麻煩……」

塗山感到事情一下子發展得完全出乎意料，本以為有轉輪王看著孫將軍那邊會很穩妥，誰也猜

不到轉輪王竟然會是第一個出事的，捅出了一個大亂子，而且混亂似乎有越來越大的趨勢。

看著張淑妃向太后哭訴也不是辦法，或許要親自到三皇子那邊看看情況才知道他在將軍府遇上什麼事。

思考了一下，塗山下意識又看向了長生殿的方向。

季芑說了他奉的是九天玄女的命令，那現在他背後的一定是九天玄女，上次芙蓉找註生娘娘沒回應果然是她搞的鬼！

這個崑崙仙山最有名的女人，眾所周知難相處又凶悍，塗山跟她也談不上有交情。像是九天玄女那種個性和作風都過強的女人，絕對和塗山不對盤。

偏偏九天玄女不是可以對著幹的對手，如果敢擋了九天玄女的路，就算是盟友她也是會下手驅趕的。

塗山想到現在局面被一個女人掌握在手中，而自己只能被動的行動就有氣，悶著一肚子氣無從發洩……突然，塗山勾起了一抹奸笑。他從襟口中掏了張黃紙，快速寫了封短箋燒了，直接把出氣筒約了出來在三皇子府會合。

日過正午，頭頂上的太陽正以無比猛烈的熱度蒸發著整片土地，每到這個時分，除了被人差遣出來辦事的下人外，內城之中也難以看到走動的人，各府夫人串門子的華轎也統統迴避了這個最熱的時段。

夏日炎炎，誰不喜歡在自己府中點上一爐清雅的薰香，再讓下人搧著風好品茗休閒一下？即使有雅興說要賞荷的也不會笨得找這個時段出門，不然還沒看到荷花自己就曬成半乾的人乾了。

不過凡事有例外，誰說沒有衣著華貴的人連傘都不撐一把的出門？現在三皇子府門前就站著一個一身深色華服的人，大熱天還穿深色，直是把熱度硬生生的提升了好幾倍。

而出奇的是，這個人的身邊卻意外的令人不覺得那麼熱。

塗山在三皇子的府第門前等，等得臉上一副風雨欲來的表情，雖然頭頂上是足以把人曬溶的太陽，但塗山現在無師自通的學會了東嶽帝君的特技。

雖然不像帝君那隨時能把四周的溫度降至冰點般厲害，但塗山身邊的氣溫現在也像下降了幾度似的，連猛烈的陽光照下去也沒有半點熾熱的溫度。

※　　※　　※

太慢了！

如果這句話不是在心裡唸而是從嘴巴說出來，其聲音和語氣九成會像地獄的閻羅索命般陰森，一身氣勢甚至比秦廣王和轉輪王更像長期在地府工作的人員。

「塗山！你喚我來也不好好說位置，害我跑上半個內城了！」

遠遠的大路末端揚起了一陣煙塵，在那土色的塵埃中，一抹粉色身影不顧儀態的撩起裙襬狂奔著。仔細一點看，她應該是半跑半飛，飛了幾米又單腳點地的借地再飛，所以飛行高度十分貼近地面，正因如此，地上的塵土才被她帶過的風全揚起了。

芙蓉不是為自己遲了大到找藉口才把責任賴到塗山身上的，她敢對天發誓，一收到塗山傳來的訊息便立即把李崇禮和潼兒安頓好，吩咐他們絕對不要離開王府，又寫信找了仙界友人幫忙關照後才提著出門，可惜她還是算漏了一項很重要的因素。

下凡後芙蓉只出過幾次門，而且出門還是直接找地仙們問路或是根本沒目標般的亂跑，除了知道一些重要地標的位置外，她對京城街道的分布完全不清不楚。只要不是她曾到過的地方，就是十分陌生了。

雖然李崇禮知道她要找李崇文的府第時已經提過方向、出了王府要怎樣走和走多久，但當芙蓉

出了王府看到四處都是差不多的圍牆後，她很成功的迷路了。現在是大白天，她想找顆星星認一下方向都做不到。

該往東走的她就往了西，該拐彎時卻一直往前走下去，結果短短隔了三條街的距離，芙蓉卻用了半個時辰來迷路。

大熱天的，芙蓉在大太陽下迷路半個時辰，心裡又惱又焦急，當她終於來到正確方向、老遠看到塗山的身影時，芙蓉第一個想法就是衝上去為自己討個公道，好歹也要抱怨一下！

「妳還敢說！」當芙蓉來到塗山的面前，同樣等了半個時辰耐心已經磨光了的塗山手一舉，一掌就巴到芙蓉頭上去了。

雖然作為男人不應該動手拍打一個姑娘家，但塗山一看到芙蓉那張她才是最委屈的受害者的臉，自然反應的就動手了。

他很給面子的沒打臉，力度也沒有下得很重，就只是輕輕打了她的頭一下，但芙蓉還是慘叫一聲蹲到地上去了。

「你不用打人吧？我也是不想遲到的！我是迷路了呀！」抱著頭，眼角掛著一滴因為自己慘叫時咬到舌頭而冒出來的眼淚，一副可憐兮兮的樣子活像塗山不只打了她一記，而是長年累月的在虐待她，掐得她滿手臂都是瘀青似的。

「內城很大嗎？才三條街妳也可以迷路迷了半個時辰，我再約遠一點的地方，妳是不是要明天才到了！」塗山不花時間和芙蓉耍嘴皮子，手指一勾就命令芙蓉去王府大門前站著了。

「幹什麼？」

「打招呼呀！這個時候不用一下妳崑崙女仙身分上的便利，難道妳覺得由我直接闖進去，把這家的門神什麼的惹出來才叫好？」

「知道了啦！」

芙蓉這下子終於知道塗山找她來幹什麼了，不過她也有點納悶，塗山什麼時候變得這麼小心翼翼了？從王府大門看進去，李崇文這個受封汝王的三皇子也沒有虔誠的拜門神，塗山大搖大擺的走進去也不見得會驚動鎮宅的神仙呀！

再說，門神真的跑出來了塗山好好解釋也能通行，因為這樣特地叫她來，還很老實的在門前等上半個時辰，這實在不像塗山的作風，有點可疑。

芙蓉很疑惑但想不通，而塗山見她動作慢，作勢又要動手催她了，她嘟了嘟嘴，心想不明白也就不花腦力，想太多複雜的事會加速老化。

打招呼的方法很簡單，朝著屋子大門報上名號，基本上沒有蹦出一個門神或是土地爺回應就算默許可以進屋，而塗山會算作芙蓉帶來的隨從，跟在芙蓉身後也是無阻無礙的登堂入室了。

「其實以你的修為，要進來根本沒有難度。」

看不慣塗山謹慎的態度，到李崇禮府裡也沒有這麼照著規矩，反而來李崇文的屋子就小心翼翼的？芙蓉心想這當中一定有鬼！

被芙蓉那藏不住心思的眼睛瞧著，塗山心情鬱悶的撇了撇嘴，他不會說是因為他忌憚九天玄女呀！既然確定這個凶女人在背後插手，他也得明哲保身，做事不能不小心落人話柄了。

「妳需要親眼看看三皇子的情況吧？總不能永遠處在被動狀態等著敵人出手再想辦法反擊，知已知彼百戰百勝的道理妳也懂吧？」

「我沒有從勾陳大人那裡學到多少和戰爭相關的技藝。」

這道理芙蓉當然是明白，只是被塗山說得她像連這麼簡單的道理都不懂就有氣，難道當個女仙都要找管戰事的勾陳大帝上幾次兵法課嗎？下次是不是就要她背《孫子兵法》了？

聽出芙蓉不爽，塗山放軟了點語氣，心想女人都是麻煩，三不五時就要哄，又要順著她們心意說話。

「至少我們從李崇文身上找出對方用了什麼手段，也好防備對方用同一招在李崇禮身上吧！」

進到汝王府範圍，塗山沒再理會他理應是芙蓉帶進來的那個，手一伸想要搓到芙蓉的頭頂上稍作安慰，但不領塗山這情的芙蓉卻未卜先知的躲開了他的手。

芙蓉心想被塗山那隻大手搓完，她頭上的花飾和髮髻九成會掉散大半，這種慘狀從潼兒身上看過不少次，雖然事後要重新梳頭但潼兒好像不太在意，而且似乎覺得塗山搓他的頭是讚賞，真不知道他為什麼會有這樣的感覺？但她絕不要變成個瘋婆子似的！

「我出來的時候王府也還沒收到李崇文出事的消息，塗山你是從哪聽來的？」

芙蓉先說回正事，她剛剛被塗山突如其來的短箋嚇了一跳，短箋內容寫得太簡潔，只說出了大事，速到三皇子的王府門前集合，出了什麼事也不說，害她一下子不知道該做什麼準備，完全失了方寸。

最慘的是她收信時潼兒和李崇禮也在場，看到塗山捎來的消息兩人臉色一變，潼兒自然是擔心的一直唸著怎麼辦才好，李崇禮也難得一臉的凝重，他看起來比芙蓉更快推測到出了什麼事。

最令芙蓉覺得沒面子的，竟然是李崇禮最快定下心情還安撫了她和潼兒，明明有神仙在場，但他們偏偏比一個凡人還要慌張，完全沒有一個仙人應該有的表現，李崇禮還簡單的替芙蓉分析了一

下現在的形勢。

李崇禮說了一些朝廷中錯綜複雜的關係，還有他現在的處境會變成怎樣，芙蓉雖是聽得一頭霧水，朝廷的勢力分布她本就一知半解，聽到李崇文出事會有什麼影響她第一時間也反應不來，反而潼兒有條有理的跟李崇禮在討論利弊。

芙蓉閉上嘴乖乖的聽完，說到最後他們還是要先等歐陽子穆從李崇溫那裡回來才能知道對方的口風，如果李崇溫沒有幫忙的意願，李崇禮就要做好孤軍作戰的打算了。

那方面的事，芙蓉愛莫能助了。

「直接從張淑妃口中聽來的。」塗山走得很快，深黑的衣袖在陽光下翻飛，比起狐狸他現在更像一隻在人群中穿梭的黑鳥，芙蓉要急著步才跟得上。

汝王府中的下人走得也很急，從宮裡來的御醫、民間找來的大夫，連道士與和尚也都一起聚集在王府的偏廳中。芙蓉和塗山看到這場面時嚇了一大跳，現場簡直像是把京城大半數的大夫和修道之人都找來了似的。

「你們這些沒用的！連三殿下身體是出了什麼事也診不出來！」

還沒踏入正苑大門，一道塗山熟悉得不得了的聲音已經如雷鳴般響起，聲音中的憤怒更是前所未有之高，雖然沒有武俠故事中那些音波功力令人七孔流血般厲害，但要是正面被這聲音一吼，恐怕也有短暫失聰及頭痛欲裂的效果。

「聽到她的聲音就覺得煩。」塗山天停下急促的腳步，厭惡的看向王府正苑的石拱門，從拱門到樓閣還有一大段距離，這麼遠就能聽到張淑妃的聲音，可見這個女人已經把儀態二字拋之腦後。

「欸？她怎麼可以出宮？」芙蓉被那聲獅子吼般的聲音震住了一下，然後一臉驚訝的看向那個站在正苑寢樓前吼叫著的女人，她半個時辰才由三條街外找來，張淑妃半個時辰就可以拖著身後那粽子串般的宮女太監從皇宮跑出來了？而且還已經找來了這麼多人！

「在等待妳的這半個時辰，我在大門口已經數過了，大約有百二十人出入過這府第。」

「請不用這麼強調等了我半個時辰。」芙蓉瞪了塗山一眼，但誰叫她理虧在先，這一眼瞪得有氣無力。「連張淑妃都出宮來了，不會是李崇文要死了吧？」

「聽說比死了還麻煩。」

「怎麼會這樣？」

芙蓉有點納悶，如果說李崇文是到了將軍府後遇上變成鬼魔的孫明尚，沾到鬼魔的穢氣而感到身體不適並不奇怪，那樣看起來的確像生病，但休息一下把穢氣散去人也就沒事了。再說上次李崇禮的身體因為詛咒差成那樣，也沒有這麼大陣仗的御醫軍團呀！這李崇文的情況到底是有多差？

「進去看看吧！」

塗山和芙蓉兩人雖然已經隱身，但這裡人太多太雜，既有道士又有和尚，兩人走起來也是步步為營，正好張淑妃罵人罵夠了要回頭去看她的寶貝兒子，他們也順勢跟著進了李崇文的寢室。

「哭什麼！妳們就這麼巴不得王爺出事嗎？」

焦躁不安的張淑妃回頭一看到應該是李崇文的妻妾們個個在嗚咽掉眼淚就更氣，手一揚，站得最靠近她的一個首先遭殃，一個火辣辣的五指紅印搧在那名姬妾面上，可憐那年紀沒很大的女孩還咬破了唇，一抹嫣紅掛在嘴角，痛得都發抖了卻不敢哭出聲。

不只是她，在場李崇文的王妃和所有姬妾全都縮成一團，淚還流著但個個都咬著唇忍著聲音，心怕下一個被打出氣的是自己。

「連哭都不准，這麼專制呀！」

芙蓉縮在塗山身後小心的越過張淑妃，雖然張淑妃碰不到她，但是對方的氣場太強大了。這情景，令芙蓉想起自己被九天玄女從崑崙追到天宮暴打的慘痛經歷……

「這種女人心裡還想著要正位中宮，也不反省自己沒有那種氣量，要是她當上了皇后，不把她看不順眼的人全部滅掉才怪！」

「我明白呢！她才沒有母儀天下的命呀！上次見的那位皇后可以活得好好的。」

你一言我一語的評論著張淑妃，才談不到三、四句，塗山和芙蓉也想不出什麼話來說了。對他們來說，張淑妃就是有野心卻又無才無德的女人而已，說再多，內容也是差不多。

寢室的內堂有好幾個御醫在忙著，房間內也點了驅邪的薰香，芙蓉很快就被薰得雙眼通紅、不停的流眼淚，而濃煙之下每位看完症的大夫都一臉凝重，有幾個看來德高望重的老大夫更是連連搖頭。

「薰香濃得這麼厲害，等會說不定連道士都要來跳壇了。」塗山也用袖子掩著口鼻，雖然他早就能化成人形，但本體是狐狸、嗅覺高於常人，這樣濃烈的香味已經令他有點反胃噁心了。

「我不想看到那些又跳又揮桃木劍的傢伙。」芙蓉想起那些丟人丟大了的咒語，要是那些道士在她面前跳著呼叫她在仙界的友人們，她在爆笑之後一定會忍不住作弄他們的。

「那唸經？」

「臨時抱佛腳有用嗎？要是平日也沒修心唸佛，有事才來大喊佛祖救命，你會幫這種人嗎？就算西方極樂的那些老好人願意，也得顧顧先來後到的次序，要顧也先顧那些誠心信佛的吧！」

芙蓉說得很現實，天下間凡人的數目一定比仙人多出無數倍，什麼都有求必應，那仙界中所有仙人不就忙死了？求什麼有什麼，那還有天理嗎？

環視了李崇文整個寢殿，四周都放了奢華的裝飾品和擺設，還有外面那一大堆的妻妾美姬，雖說凡間崇尚男人三妻四妾，但李崇文也納妾納得太多了。芙蓉看向那堆女人，長年的三十不到，年紀小的看似才及笄沒多久，這樣的男人會心中有佛嗎？

再說他的母妃張淑妃那性子也不可能誠心禮佛。

芙蓉覺得要是張淑妃會去唸佛經，世界就變了。

雖不喜歡這對母子，不過芙蓉還是來到了李崇文的床邊，打算幫一下當是積德。

床帳沒有放下，現在大夫們也退到一旁在討論病患的情況，少了人牆的遮擋，李崇文的狀況一目了然。正眼看到李崇文的樣子時芙蓉嚇了一跳，大大的退了一步，因為退得太突然，直直的撞上了塗山的胸口，塗山沒出聲還很好心的扶住她的肩膀。

因為他也嚇到了，只是他比芙蓉鎮定才沒有做出太大的反應。

沒多久前才看到意氣風發想法子離間孫將軍和李崇禮的他，才幾天就出事了，且現在躺在床上的李崇文根本就不是生病而是丟了魂。青壯的臉容依舊，但那雙無神卻瞪得老大的眼睛和沒能合起來的嘴，卻令人差點認不出這人就是李崇文。

那不是一種有意識想要表達什麼的表情，那眼睛、那嘴形只像是身體失去了控制而凝固著的表情，越看就越讓人感到毛骨悚然。

芙蓉第一次見李崇文，認不認識這張臉不重要，芙蓉現在之所以感到恐慌想要退後離開完全是出自本能的反應，要不是塗山剛好擋在逃走的路線上，她一定奪門而出先呼吸幾口新鮮空氣。

「芙蓉？」扶在芙蓉肩上的手甚至感到她壓制不住的抖震，沒見過芙蓉這樣子，塗山也不免感到凝重。

「沒事，只是接近他是一件十分討厭的事，所以我下意識很抗拒。」

「他不就只是三魂七魄不齊了嗎？」塗山也顧不得房內令他難受的薰香味，自己好歹是年長者，見芙蓉這樣子他也得多擔當點，暗地裡準備好有事的話立即出手，怕的是李崇文身上附了什麼不好的東西而他們看不出來。

「不止……」深呼吸了一口氣，芙蓉死命搓著手臂上那些冒出來的雞皮疙瘩，嘴上說著沒事但臉色卻已經發青了。

和塗山單純看到一張床、一個病人躺著不同，芙蓉還看到了一道道纏繞在李崇文身上的黑氣。她第一次看到如此清楚的不祥穢氣，雖說惡鬼妖怪總是會帶著一絲差不多的氣息，但是她沒遇過濃烈到能看得出來的不祥之氣。

即使她從前跟著天將們去參觀除妖時，也不一定見得到這樣的情況！

憑芙蓉肉眼所見，李崇文大概是遇上了什麼妖邪令自己的三魂七魄被嚇散，這種情況可說是無可救藥，灌多少靈藥下去也補不回丟了的魂。

他現在這痴呆的樣子可以是暫時性的，遲一點或許會回復一點神智，但最後會變成怎樣芙蓉卻拿不准。李崇文可能會一直像個傻子般天天呆著，不懂給人任何反應，又或是變成像沒了理智的野人般，只要找不齊丟了的魂魄，就不會回復原來的樣子。

但要找回不知何蹤的魂魄談何容易？

要是有人問芙蓉該如何打救李崇文現在這種情況，即使是李崇禮也幫著求她，她也只能搖頭。

不是她不救，而是她不懂。

魂魄不齊這問題她真想不出辦法來解救，魂魄的範疇該找地府的人，可惜她和他們沒好交情，再說在外邊飄盪的魂魄是很好的點心，潛伏的妖怪們一發現不趕快吃掉才怪！

吃掉消化了還可以還原嗎？當然是不可能了。

忍著身體想要避得遠遠的衝動，芙蓉伸手探向李崇文，當她的指尖接近那纏在李崇文身上的黑氣時猛地縮手，隨之而來的是芙蓉的一記悶哼。

塗山連忙扶穩芙蓉，拉過她剛才伸過去的手一看，那原本白嫩嫩的手像被燒傷了似的血肉模糊，但芙蓉卻臉不改色的仍看著李崇文。

「喂！妳的手！」塗山抓住芙蓉還在流血的手，雖然傷口已經開始快速癒合，看起來沒有剛受傷時恐怖，但血還在滲，傷口仍在，這表示傷了芙蓉的東西比芙蓉本人的道行要高很多，不然不可能輕易破開芙蓉的護身罡氣傷得了她。但塗山仍是沒看出李崇文身上到底有什麼傷得到芙蓉。

試探般的，塗山伸手探向李崇文身邊，但他卻沒像芙蓉這樣灼到手，也沒感覺到有什麼不妥。

為避免這不知名的因素旁生枝節，塗山拉著芙蓉退到房間角落，見芙蓉沒用法術把自己治好反而摸了條手帕出來他有點訝異，見她把傷口隨便包了包、動作笨手笨腳的，塗山乾脆拿過那條手帕替她包紮。

扶著那隻受了傷的手，微微的感到因為疼痛而不由自主的抖震，塗山看了芙蓉一眼，卻發現她連眉頭都沒皺，不過表情卻嚴肅了起來，平日靈動活潑的大眼現在萬分凝重，而且他不小心打結時用力過度了，她連哼一聲說痛都沒有。

「妳沒有感覺嗎？」塗山皺起眉，不是說看不起女兒家的忍耐能力，但俗語也有說十指痛歸心，他一個大男人看到剛才那隻手的慘狀也覺得痛極了，最起碼皺一皺眉頭叫兩聲痛，不然也擠兩滴眼淚看看吧！

她完全沒有反應的樣子讓他懷疑這傷是不是嚴重到令人沒知覺了！

「嗯。很痛的。」

芙蓉認真的朝塗山點點頭，動了動已經包好的手，判斷現在手的情況也不礙事。雖然這傷大概一時半刻也好不了，行動起來多了點不便，但誰叫自己太笨把慣用手伸了出去，也是她活該，怪不得人。

芙蓉敢誇口，除了煉丹引起的炸爐意外，她從沒受過這麼嚴重的傷，她的真身是靈氣，就算受傷也能在瞬間痊癒。這次不巧李崇文身上那種不祥的穢氣對芙蓉來說就像剋星一樣，對她造成的傷害也比較見效。

「不只是痛的問題吧！妳不會被這些穢氣侵蝕掉，然後變成黑化的芙蓉吧？」芙蓉變得和平時不一樣的表情，令塗山心裡有點毛毛的感覺……

故事中不都常有這樣的情節嗎？正義的朋友被邪惡的敵人打傷，邪氣不知不覺入侵，最後正義的朋友倒戈了，加入毀滅世界的行列。

「塗山你是頭殼壞掉了？說什麼傻話呢！」芙蓉用看怪物的眼神看了塗山一眼，似在腹誹他說的話笑點太差。

「雖然會受傷、也好得慢了點，但是穢氣遇上我，十成十被淨化解決掉的絕對是對方，理論上我是穩勝的。」芙蓉自信滿滿，也不像是信口雌黃。

「理論上？」塗山一下就抓出句子的語病了，什麼叫理論上呀！

「只要對方乖乖不攻擊我，讓我處理，我穩勝！一心幾用實在沒辦法。」

原本還想著芙蓉受了傷給她多一點好臉色的塗山，瞬間黑著一張臉。世上有敵人站著讓妳打的嗎？還是說芙蓉覺得只要大喊「停手別動」，敵人就會乖乖聽話？

「塗山。」芙蓉回頭看了李崇文一眼，接著用她包好的手朝塗山勾了勾。

「怎麼了？」

「塗山你在短箋有提過轉輪王看丟了孫明尚吧？」

「是的。轉輪王辦事不力，妳有沒有覺得心裡很爽？」

「不爽才真。」芙蓉想到就生氣，兩條柳眉都要豎起來了。

轉輪王辦事不力引發的問題不是看丟了孫明尚再抓住就成，他的任務出了什麼差錯，都會把他的頂頭上司惹出來，不用說，東嶽帝君的怒氣指數一定在轉輪王的任務失敗報告呈上後，昇華到一個前所未有的高度，現在十成十帝君要來了！

她最怕的人要來了呀！她怎麼可能會爽！

她的回答讓塗山原本打算接下去的話不得不擱在嘴邊——這完全不像她會說的感想啊！她竟然感到不爽！

「這是什麼表情？我公私很分明的，他現在搞砸了事情我是很生氣的呀！原本好好的也要帶麻煩給我。」

塗山聽得無言，是不是公私分明他是作不了準，但堂堂地府十殿其中一王卻被一個小女仙說得一無是處，他有一點點覺得轉輪王可憐。

反正對李崇文的情況無計可施，芙蓉再也受不了房內濃烈的薰香，一邊捏著鼻子、一邊抹著開始狂飆的淚水拉著塗山出去，來到外堂還不夠，還要再走遠一點，因為張淑妃那尖銳的聲音仍是不停歇。

※　※　※

出了整個正苑，芙蓉先是大大吸了幾口新鮮空氣，然後把自己心裡的打算說出來。

「塗山，我怕孫明尚會去找李崇禮，只有潼兒在，恐怕出了什麼事會應付不來，不如你先回去吧！」

「我先回去?那妳呢?」把身上沾到的薰香味驅散了一點後，塗山雙手收在袖子中抱在胸前，他原本也打算看過李崇文的情況後趕回去，但他也想過先讓芙蓉回去，自己再試試能不能找到孫明尚，可沒想過芙蓉會先提出來他們調轉位置。

回憶一下當初見到芙蓉時的戰力，又看看李崇文身上的不祥之氣把她的手弄成什麼樣子，放她出去尋找孫明尚，恐怕不是明智的選擇。

「塗山比我強，跟在李崇禮身邊，即使孫明尚找上門來也能應付，換了是我反而不好。而我在外邊還可以請其他人幫忙找人，九天玄女不讓女仙們幫我，但男仙們我也是有很多熟人的。」

塗山垂目看著芙蓉，又瞄向了她受傷的手，這丫頭這次的想法也算妥當，如果變成了鬼魔的孫

明尚真的去找李崇禮，憑芙蓉和潼兒兩人的確比較危險，即使芙蓉可以找仙界的朋友幫忙，但那也要她有時間請才行。

芙蓉有一定的實力，但是經驗不足，可惜從李崇文身上的情況看來，要是他是遇上了孫明尚才變成這樣，那芙蓉那點實力和經驗就略微不夠看了。

「妳確定妳可以？說不定要和轉輪王合作的哦！」

「大事為重。」

嘴上說得瀟灑，不過塗山卻看到芙蓉的臉色怪異，根本心裡就還在抗拒和地府的人一起行動嘛！細心一看，她露在衣服外面的皮膚都已經起了雞皮疙瘩。

「但妳的樣子看起來實在不太行。」

「囉嗦！我說可以就可以，別磨蹭磨蹭的，給我快點回去！」

六
妳的武術是誰教的？

掛著豔陽的天空依舊，不過無緣無故的也不可能才一刻鐘不到就突然風雲變色。

看著藍色的天空，連雲也沒有半朵，更沒有飛鳥飛過，烈日直直的曬下來蒸發著所有人的生氣。雖然已經過了最熱的中午，但溫度似乎沒有下降多少，四周仍是熱氣迫人。

芙蓉仍在李崇文的府第中沒有離開，把塗山趕回去李崇禮的身邊後，她卻一個人留在原地，遠遠的看向李崇文的寢樓，張淑妃的怒叫仍在，但當中的憤怒少了，多了身為一個母親的無助和悲痛。

看著自己的兒子變成那樣子，不可能不心痛吧？

芙蓉對這種感覺有點茫然，然後舉起自己包紮好的手看了看，不得不說塗山包紮的技巧還是不錯的，憑一條手帕也能包得這麼穩妥。

手上的傷仍有點痛，芙蓉心想自己受了這樣的傷，如果她也有父母，他們會不會像張淑妃這樣又哭又叫？不過這個念頭才剛起，連傷感的情緒還沒來得及培養，她已經打消念頭不敢想下去。她身邊已經有個萬一她出了事絕對不只又哭又叫的角色，再多的話受不了的應該是她自己了。

說來她現在也得小心行事，弄傷手還不至於驚動天宮中的那位，但萬一在尋找孫明尚的途中出了什麼差錯，那玉皇這個自稱要當她親愛乾爹的大人物一定不會善罷干休，到時候在他手下工作的仙人有得煩了，變相讓她得罪人。

而弄得玉皇哭喪著臉看著自己感覺也滿差勁的，況且他會變得更囉唆，囉唆的程度嚴重得芙蓉曾想找東西擲過去把他直接打昏——不過那樣做的話，就是大逆不道了。

「唉……也不知道是不是星軌變了，這個李崇文才弄成這副樣子。」

稍微感嘆過後，芙蓉開始計畫她的孫明尚尋找大計。

李崇文府中的下人全都聚集在正苑寢樓前，花園涼亭一個人都沒有，正好給芙蓉借用，在懷中拿出一疊紙放在桌上，芙蓉思索著自己要找什麼人幫忙，又或是說要不要找人來幫忙。

包著手帕的手拿筆寫得不是太順，字變得歪歪斜斜的，被人看到少不了會被拿來取笑。短箋寫好了，但芙蓉沒有立即點火燒掉，而是小心的摺好收回衣襟中。

「與其說那是鬼魔的穢氣，不如說那更像是一個有高深修行的大妖更貼切。」

芙蓉輕輕嘆了口氣，這個也只是她的假設，單憑感覺而沒有任何證據。因為她很清楚自己的能力，若李崇文身上纏繞的單純是穢氣，那不應該傷得了她，反而應該被她身上的靈氣淨化掉才對。沒淨化掉反而傷到她的手，那當中含有雜質的可能性很高，而且這雜質很強大。留下雜質的這隻大妖連塗山那樣的千年老妖怪都瞞得住，說不定正面對上，塗山也不一定打得過。

道高一尺魔高一丈，塗山也算是光明磊落不用下三濫手段的精怪，所以才會稱他是狐仙不是狐妖，現在只希望那個可能比他更強的幕後黑手跑去找轉輪王，千萬別去李崇禮那裡呀！

深呼吸一口氣，芙蓉打起精神正想要出發，但突然背上竄起一道惡寒令她全身的寒毛都豎了。憑直覺轉身看向令她受到威脅的方向，卻已經什麼都感覺不到，連一丁點的痕跡都沒有留下。

空蕩蕩的牆角什麼都沒有，越看心裡就越發毛，連手上傷口的隱隱作痛也越發加劇似的。惡寒的感覺驅之不散，芙蓉只好急步出了李崇文的府第，離開那裡才覺得頭頂上的太陽是熱的。

「一定有什麼在……」剛才的感覺讓芙蓉更肯定李崇文身上的情況不是孫明尚一個人做得到的，但在拿到一些實質的證據前，她還是不說出來比較好，免得引起無謂恐慌。

連這些鬼怪的事都告訴李崇禮的話，他那單薄的身體恐怕沒有養壯的一天。光是朝廷的事，他就煩得一個頭兩個大了。

※　※　※

離開內城，芙蓉也沒有明確方向要到哪裡去找孫明尚，甚至連轉輪王的所在位置她也不知道，那個沒存在感的傢伙就算就站在街道上也不會令人注意到的，花時間去找他絕對多此一舉。

芙蓉心裡想著李崇文是從孫將軍府回來後出事的，雖然孫明尚已經逃走，但是在將軍府中說不定能找出什麼線索。

站在街上迷茫了一會兒，為了半時辰走三條街的悲劇不再重演，芙蓉決定找位地仙出來幫幫忙，這次她找土地爺倒是有回應了。而不知道是不是因為轉輪王搞砸了跟監孫明尚的事，和地府相關的地仙們全都處於高度戒備狀態，街上也看到了不少鬼差在遊蕩，一整個全軍出動的樣子。

問明了將軍府的方向後，土地爺急忙的又走了，朝著指示的方向走，一刻鐘後芙蓉成功找到正確的方向來到了孫將軍府的門前。和李崇文府上的熱鬧程度呈反比，芙蓉向門神打了招呼走進將軍府後，見到的是一整片的冷靜，有兩、三個下人在走動，神色也略見慌張。

穿過將軍府的前廳、偏廳、花園，四處都沒有見到孫又臣本人，好歹也是一個將軍府第，佔地不小，芙蓉自己一個人亂跑著找也很沒效率，眼下正想抓個下人拖到一旁現身敲點情報出來，卻剛好看到應該是孫將軍帶來的隨侍急步走過。

看那神色，一定是有什麼趕著去向孫將軍匯報，芙蓉飛快的跟上去，成功的在後院找到孫又臣的身影。

一看到孫將軍的背影，芙蓉急忙的止住腳步找了根廊柱躲起來。他身上正散發出一道令人望而生畏的氣勢，一雙利眼緊盯著小院的房間，好像他眼前就是殺氣騰騰的戰場，必須千刀萬剮的敵人就藏在裡面一樣。

「將軍！」

「查到了嗎？」

「將軍恕罪，線索完全斷了。」來覆命的人跪在地上一臉的惶恐，雖不在軍中，但將軍的命令沒辦法完成是很嚴重的缺失，特別是這次要查的事關重大，皇宮和朝廷已經沸騰起來了。

「也怪不得你。」孫將軍擺手讓那人起身，沒多斥責。「再去查是不是有人在府中用了迷香，我要知道為什麼所有人都像鬼迷心竅一樣眼睜睜看著她走！」

「領命。」

剛來不久的隨侍很快再退了下去，四周又只剩下孫將軍一個。

凝於孫又臣現在的殺氣太大，太過接近實在不太明智，芙蓉小心翼翼靠近，走近了才看到他的手血跡斑斑，像是被什麼利物割了幾刀似的，血甚至還在流。

「要不是我把茶杯打破，現下我應該也得和三殿下一樣了吧？」孫將軍像是不覺得痛似的攤開那染滿鮮血的手掌，看著上面的傷痕。

芙蓉也看了看自己的手，心想他們兩人還真是同病相憐，竟然都是弄傷了右手。

孫將軍站著不走，芙蓉只好硬著頭皮繞了個大圈避一避將軍身上的殺氣，跑進那個可能是孫明尚最近待過的房間。

一隻腳才踏入那個房間中，芙蓉已經心生退意，只是一步的距離，她就像在豔陽高照的夏天走進漫天風雪的雪原中一樣，空間感好像被凍結了似的，敵意從四面八方湧來。

額邊滑下一滴冷汗，芙蓉快速的向後退，差點就被那門檻給絆倒，退出房外卻發現剛才不動如山般站在外邊的孫將軍不見了！即使人走開了，以他剛才那身殺氣的程度一定會有氣息殘留，但是芙蓉卻連一丁點也沒有感覺到，就像是剛才那裡根本沒有人存在過。

「被擺了一道。我竟然也會中了隔絕的法術而全無所覺……」

芙蓉咬了咬牙，她還不至於傻傻的以為孫將軍是站到內急跑去上茅廁才走開。

現在沒有她的一眾仙友在身邊，塗山也不在，所謂遠水不能救近火，來之前也做好了會遇上危險的心理準備，芙蓉二話不說把自己防身的金鞭召出，她右手帶傷用力握鞭會痛，但情急之下也顧不了這麼多，咬著牙忍痛的向前方甩出一鞭。

劃破空氣的聲音響起，鞭子前端像擊中什麼似的發出一記悶響，藉著這一擊爭取到些微時間，芙蓉迅速往將軍府外退去，但她小看了對方的法術範圍，也小看了這次遇上的隔絕法術的硬度。

她已經飛上圍牆，腳也已經向後跳出將軍府的範圍，她理應在將軍府外的地面好好站著，但是這動作後她仍在將軍府的範圍內，像是剛才她一直站在原地一步也沒有移動過似的，她也沒有自己剛才靠近法術邊緣的感覺。

只靠自己逃跑來摸索法術有效範圍不是辦法，吸了兩大口氣定下心神，芙蓉集中精神以劍指在空中畫了一堆複雜的線條。她不喜歡跳壇和大喊急急如律令，但是畫符很多時候都是避無可避的，幸好仙人的大多符令憑空繪畫即可，不過唯一的缺點是符令太複雜，時間又不夠的話，十成十會被敵人打斷。

芙蓉一邊畫一邊留意著四周，敵人不但佔了先機，而且她在明、對方在暗，現在只能靠她對靈氣的感覺判斷敵人可能的位置。

符令只差一點就能完成之際，芙蓉突然收手果斷的放棄跳了開去。一道寒冽的氣息隨即從左後方襲向芙蓉，這道攻擊劃過的風刀在地上刮出一道淺淺的痕跡。

芙蓉臂上的披帛被吹起，她單腳才剛著地，還來不及喘一口氣又得撲到另一邊躲開接二連三的攻擊。她一邊閃躲一邊流冷汗，要是她硬頸堅持要在原地畫完那道符，或是多猶豫一兩秒，這隔離法術說不定真的能被她成功破解，但她身上恐怕得先少了什麼東西……

少了手腳可能還是小事，看剛才風刀刮過的位置，應該是會變成無頭女仙吧！

芙蓉心寒的看向自己身上被撕破了一半的披帛，雖說這東西不是仙界帶來的，但她覺得這披帛的材質還挺耐用的，剛才也沒感覺那風刀的攻擊範圍有這麼闊，披帛只是被吹起了一點就被撕裂，她要是沒有及時走開，這下被撕裂的就是她的手臂了。

沒畫完的符令慢慢的在空中消失，隨著最後一點亮光消散，發出風刀的位置慢慢出現了一道黑霧般的氣體，一個眼熟的身影從黑霧中漸漸顯現出輪廓，她死白的皮膚上是華貴的服飾，但上面滴落著不知從什麼地方泡來的黑色液體，頭上不像往日般梳著高貴的髮髻，長長的頭髮有點散亂的飄著，表情看似有點無神。

從這人身上所散發出來的鬼氣令芙蓉皺起了眉。這樣的鬼魔她是第一次看見。

轉輪王說過孫明尚的耳環是在一個池子旁邊找到的，很自然芙蓉認為孫明尚應該是被人扔進水裡給淹死，但現在看到的孫明尚非但沒有一點被泡爛的痕跡，那仍舊精緻的臉頰甚至多了點妖豔，以及一種偏執和瘋狂。

芙蓉在心裡慘叫了一聲，現在這個孫明尚大抵不是出現在孫將軍面前時的樣子，要是將軍看到女兒這一副妖豔相，即使捨不得責打女兒，也一定會先怒叫一聲成何體統。

孫明尚的視線緩緩的對上芙蓉，然後那紅得發黑的嘴唇微張，當她把芙蓉的臉看得真真切切後，表情瞬間變得猙獰。

「把王爺還給我……」

孫明尚朝芙蓉的方向走去，但看起來有點小心翼翼沒有大意接近。

雖然人已經死了，但似乎個性這東西不論生前死後都不是容易改變的事，她雖沒立即朝芙蓉撲去，可那氣勢和當日芙蓉目擊她踹開李崇禮房門時不遑多讓。

芙蓉小心的戒備，也嘗試找尋逃命的方法，努力的在腦海中找尋著除了畫符令外，也能破開這個隔絕法術的方法。突然，她發現孫明尚的肩膀上已經開了一道血口，剛才甩出去的那一鞭，打中的似乎就是孫明尚的肩膀。

論赤手空拳，芙蓉或許不夠這變成鬼魔的孫明尚厲害，但她有的是仙人們送的各種寶貝，就像她手上現在拿著的鞭子便出自天尊之手，是名副其實的神兵，芙蓉的武打能力再差，只要她能正正常常的甩出鞭子，不把自己纏成扭麻花就一定是敵人遭殃。

剛才那既沒技巧又沒多少力度的攻擊要是出自一條普通的鞭子，恐怕在孫明尚身上連一條細痕都劃不出來。

「根本就沒人搶了妳的王爺！說！是誰教妳在花園埋那種東西的！」

聽到孫明尚那充滿偏執的聲音，芙蓉出奇的沒覺得毛骨悚然，反而有點慶幸言語仍能溝通，不然對方只能發出一些像野獸般聲音的話，她說什麼都是對牛彈琴了。她沒有進修過地府鬼差的鬼語必修課程，也沒興趣去上課。

不過作為一個少女，芙蓉仍保有與生俱來的天真和傻。

要是說道理便能溝通，那就不會變成鬼魘了，她竟然認為問了就能從孫明尚身上得到答案。

現在在孫明尚眼中，芙蓉就是搶了她王爺的人，是把她在花園中的祕密掀露出來的敵人，讓她沒臉面見王爺的仇人，是現在天天陪伴在王爺身邊的女人，佔了她原本位置的人。

孫明尚越是看著芙蓉就越眼紅，在不完整和被負面情緒無限放大的記憶下，她把自己知道的和別人告訴她的事混淆在一起。她曾被譽為京城三大美人之一，出身也高，得天獨厚的條件造就她的心高氣傲，從來孫明尚眼中就是容不得比自己好的女人，更別說是取代了她、站在原本是她丈夫的李崇禮的身邊。

「我不會原諒妳的！是妳把王爺搶走的！」

壓制不下的怨恨爆發，在蒼白妖異的臉上，那雙完全泛紅的眼睛死瞪著芙蓉看，漫天鬼氣，其濃烈程度令芙蓉覺得比李崇文那邊更厲害。

對話的期間，芙蓉也不是不想先下手為強、先甩幾鞭過去，好爭取時間把幫手呼叫出來。她是女流之輩，絕不會逞一時之快當女英雄，也不怕別人說她以多欺少。如果可以，她更不介意叫一群人出來十個打一個，可惜她騰不出空來做這些事。

她受了傷的右手現在握著鞭子，單是要讓鞭子不掉下去已經很勉強，更別說是用這隻手虎虎生威的甩鞭子打人。芙蓉敢說她再甩一下鞭子，自己九成會順勢飛出去。

那一句「把王爺還給我」，事實上讓芙蓉的心猛地跳了一下，差點連虛汗都要冒出來了。聽著這句指責的話，芙蓉心底泛起一點心虛的感覺。咬了咬牙，硬把這違和感壓下去，芙蓉小心的應對著對方的攻擊。

芙蓉處於下風，孫明尚帶著的鬼氣太厲害，雖然沒有像先前那招把她灼傷，但卻讓她已經存在的傷口發痛，痛的程度甚至讓她不禁冒著冷汗。

自己打不過對方，現在只能把幫手叫來，要這樣做之前芙蓉得先找到一個合適的時間點，如果她現在把短箋拿出來等於給對方一個攻擊的訊號，敵人是絕不會有禮又客氣的對她說：「請便，隨便喚人來吧！」

這種荒謬的事自盤古初開也沒發生過，仙對上魔，對方不搞偷襲暗算已經很給面子了，所以她要自己製造機會，起碼要製造一個自己不會被秒殺的契機。

下凡後首次以一己之力迎戰，之前對上塗山和在宮裡時吃的糗已經夠了，這次絕不能再丟臉！下定了決心，芙蓉悄悄的從袖子中準備好一個玉瓶，裡面自然是裝著她歷年來少有的珍貴成品，有機會扔到對方身上，相信一定可以帶來可觀的殺傷力！

「我對李崇禮什麼都沒做過！」把心裡面的虛浮感硬生生的壓下去，芙蓉深深的吸了一大口氣，理直氣壯的吼了出來。

她的確是沒有對他做過什麼，上次是他主動拉她的手，她真的什麼都沒做過！

回應了孫明尚對她的指控，芙蓉小心的移動腳步，盡可能移到較廣闊的地方。她有耐心慢慢磨，但孫明尚沒有，她的耐心從生前已經沒剩下多少，現在氣紅了眼就更是什麼也聽不入耳。

芙蓉才說完，孫明尚已經撲了過來，帶著黑色鬼氣的手在芙蓉面前劃出五道黑色爪風，五道黑光驚險的在芙蓉額前掠過去，芙蓉連爬帶滾的在地上翻兩圈沾了一身沙泥才勉強脫險，但也不得不放棄拖延戰術。

對方已經殺到身邊，芙蓉忍著右手的痛甩出一鞭，在鞭尾捲上了孫明尚那隻伸出的手臂時，芙蓉飛快的從懷中摸出已經寫好的短箋。

正想點火之際，理論上應該捲著鞭子和芙蓉較勁的孫明尚卻順著收鞭的方向撲了過來！

敵人出乎意料之外的突襲打壞了芙蓉的如意算盤，孫明尚淒厲的叫著「還我王爺！」，黑色的指甲好像變尖了不少，眼看快要碰到芙蓉，如此危急芙蓉只好放掉手上的短箋，把剛才準備好的玉瓶甩了出去。

玉瓶砸在孫明尚揮出的爪子上化成碎片，裡面裝著的東西潑了孫明尚半身，一陣腐蝕中的滋滋聲和慘叫迅速響起，孫明尚原本已經沒有血色的臉更顯得青白，她的手臂被瓶子中的東西腐蝕了大半，而順著鞭子的去勢，孫明尚直直的摔向芙蓉。眼看自己快要遭殃芙蓉當然想逃，但是無論她跑得有多快，孫明尚撲不上她的身也一定能拖著她的腳。

做好心理準備兩敗俱傷，芙蓉快速的單手結了一印，試試看能不能把孫明尚打偏一點，這是個豪賭，即使不加上孫明尚壓下來的重量，聽到她剛才的慘叫，芙蓉也知道那潑在對方身上的東西有多強大，要是她從孫明尚身上沾到了一樣會痛得死去活來！

可惜，手印擊了出去卻沒能止住孫明尚的來勢。

眼看兩人快要撞上時，孫明尚卻奇異的扭了一下身體避開芙蓉摔了出去。

芙蓉張著嘴說不出話，她完全想不到孫明尚為什麼會放棄剛剛這麼好的機會，要是和孫明尚對調立場，芙蓉敢說她一定會直直撞過去的。

愣了一下很快又收回心神，芙蓉趕緊把鞭子收回。

緊張感瞬間退去，芙蓉覺得渾身有種發軟的虛脫感，重新衡量過自己應該無法獨自對付孫明尚後，她把心思放在掉到地面的那封短箋上，她要把幫手喚來才有勝算。但是短箋掉在那麼顯眼的地方，要是她跑去撿，孫明尚一定會攻擊她的，不會每一次都這麼幸運對方再發神經無視她。

一邊拍著胸口喘氣，芙蓉心想還真奇怪，孫明尚現在是一臉憎恨的瞪著自己，但卻沒有再向前一步，甚至令人覺得她想要退後。

「我說芙蓉，妳會不會是反應太過遲鈍了？」

聽到突然出現的第三道聲音，芙蓉嚇了一大跳的橫向跳開，難道她真的感覺遲鈍了嗎？有人跑到自己身後這麼近的地方，她竟然一無所知！

猛然回頭一看，拿著三尖槍的二郎真君就站在她原本待的地方約六、七步距離，這麼近的距離芙蓉竟然完全沒有感覺到他的氣息。

心猛地一跳，她一下子覺得整個人的感覺很不踏實，像是見鬼一樣的看著二郎真君。後者臉上也是一副不解的表情，芙蓉不像平時那樣嘴巴不停的說話，反而忙於確認自己的眼睛有沒有問題，甚至有點笨的掐了自己的臉頰。

左看右看，將軍府中把她困住的法術仍在，還沒被外力打破，她出不去，理論上外面的人也進不來才對呀！芙蓉滿心狐疑的盯著二郎真君，他出現得太突然，像是在一間密室中突然出現的清風一樣。

密室會有風吹進來只因為出現了缺口，仔細一看，芙蓉發現將軍府的邊緣多了個微微發亮如蜘蛛網般的裂紋，那是隔離法術的界線，現在看似被二郎真君發現之餘還順手打穿了，所以他就很輕鬆的進來了吧？

有外援對芙蓉來說是好事，論實力，二郎真君比她強了不知多少倍，以他的實力能打破法術不出奇，但芙蓉卻納悶為什麼她沒有感覺到二郎真君的氣息？

照理說，法術被破解的一刻，她就應該感覺到才對。

下意識的看向自己的手，芙蓉有點擔心感覺變遲鈍了是因為手受傷的緣故，雖然她自信不會被穢氣蠶食，但是短時間內的影響會有多嚴重她卻沒有經驗。

若變遲鈍了是因為這個緣故，那麼這情況又要維持多久？

雖然心底的憂慮揮之不去，但二郎真君出現帶來的驚嚇過後，芙蓉告訴自己現在孫明尚的問題比較重要，她是個現成的威脅，不能不好好解決。

「真君你什麼時候來的？」

「就在妳快被那東西撞上的時候。妳真的沒事嗎？看妳的樣子好像有點不對勁似的。」二郎真君一邊和芙蓉閒聊、一邊走近孫明尚。

這次二郎真君是真真正正的實體，人站在太陽下也有影子，隨著他的行動，身上的軟甲也輕輕的發出金屬碰撞的聲音，每響一下孫明尚就像驚弓之鳥一樣一縮，對二郎真君十分忌憚。

「沒事，我剛才只是太集中在孫明尚身上了。」芙蓉不想把受傷的事弄得人盡皆知，邊說話邊悄悄的把手收在二郎真君看不見的身側，想著可以瞞多久就瞞多久。

「完全不注意背後，被人偷襲了也不知道呀？妳的武術實技到底是誰教的呀？」

二郎真君上下打量了芙蓉一眼，雖然芙蓉已經盡量掩飾，但還是被二郎真君眼尖的發現了，因為她想避開真君的視線便不自覺的擺出一個很不自然的站姿，這樣真君想裝作什麼都沒發現也過不了自己良心那關。他伸手抓住芙蓉，把她的站姿扳正，她這次來不及把手藏起來了。

真君的視線停在芙蓉的右手上，一雙鳳眼睜得大大的，現在眼睛的大小才多少有點像他在凡間的造像，說不定還能追得上總是把眼睛瞪得像銅鈴般大的護法象。

「這次要死了，妳受傷了？」這話一出口，二郎真君少有的表現出慌張，一手掩著自己的嘴活像害怕剛才的話會被人聽到，他心裡已經暗叫不妙。

窺看凡間的寶貝是不多，但是以天宮主人的身分，那人想要多少都能找來，從他下凡來的一刻起，那位一定更加重點注意著芙蓉的情況，不用說那位一定已經發現芙蓉受了傷，說不定現在正暴跳如雷的吼著要把下手的人給滅了。

「呀……嗯，小事！」芙蓉一心逃避話題，指了指仍在發出陣陣鬼氣的孫明尚，便閃身躲到二郎真君身後，大方的把大前鋒的位置讓給了他。這麼大的一隻怒火中燒的鬼魔，即使是真君也不能無視只顧著說話，正好她可以趁這時間整理一個比較圓滑的解釋。

二郎真君沒好氣的瞟了芙蓉一眼，雖然心裡也是打算幫她一把，但她退得這麼明目張膽，也令他感到有點無言。

真君的突然出現讓芙蓉忘了自己根本沒成功把短箋燒掉，那封可憐的求救短箋甚至還印有一個腳印攤在地上。二郎真君根本不是應她的呼叫而來，而是天宮那一位終於耐不住直接把他派下來。

「要真是小事還好，我可不想回去後被煩得耳朵長繭了。」

二郎真君在心裡也不禁苦笑了一下，表面上裝得好像十分勉為其難才應了玉皇的命令放下手上的工作趕來，但他自己也好，一些仙界友人也罷，不少有份開單子給芙蓉還債的仙人們其實也很關心這次的事件，他下凡之前更收到幾個好友的囑咐，要好好看著芙蓉。

大家其實都是口硬心軟，嘴上說要芙蓉好好還債，但現在出事了又個個都在團團轉說怎麼辦，自然玉皇是轉得最厲害的一個。

芙蓉受傷，他回去後一定會被玉皇煩個不停，偏偏他沒那個能耐和膽子對玉皇說一聲「你很煩！」，這鬱悶的心情只有發洩在罪魁禍首身上了。

二郎真君帶著強烈敵意的眼斜斜的看向孫明尚。接觸到二郎真君的殺氣，孫明尚嘴中仍是唸著那幾句，拖著那隻被腐蝕掉的手退後，她也知道自己不是眼前這位二郎真君的對手；芙蓉的鞭子是厲害，但因為用的人不行所以威力一般，而二郎真君的三尖槍是仙界有名的兵器，只是打中一槍也能要了她的小命。

孫明尚在退縮，但真君眼中根本不在意她本身是不是王妃、是因什麼事變成鬼魔，不論是人為的還是本身的執念，變成鬼魔一事本身已經是罪孽了。

斬妖除魔是天將己任，在公在私二郎真君也是該把孫明尚收拾的。雖然要消滅她很簡單，但他卻不可以這樣做，比起把孫明尚解決掉，他前來的真正目的其實是不讓芙蓉被幹掉而已。

「在背後說玉皇的壞話可不好呀！真君！」

「就算在帝君的面前我也是這樣說。真不知道為什麼妳這丫頭沾上的事都會變得這麼弘大？妳是命中帶衰，自己衰之餘還拉著親朋好友一起嗎？妳一衰，妳知道有多少人跟著一起倒楣？」真君一臉鄙夷的瞟了芙蓉一眼，惹得芙蓉把眼睜得大大的瞪了回去。

「我要申訴一下我也是受害者呀！我也是沒得選的一下就被九天玄女給踹下來了！要是能選，我一定選些簡單點的來做！」不服氣的辯解了一下，習慣的慣用手就舉著手指伸了出去，但手一動她就感到一陣刺痛，臉色一白差點拿不穩鞭子了。

「九天玄女一定想整妳很久了！」二郎真君沒放過芙蓉那細微的變化。這丫頭平常雖然話多，但偏偏遇上受傷或不適的時候就不愛說，以為自己處理得了，到最後還是弄得人盡皆知。

二郎真君回想有一次發生煉丹炸爐意外，芙蓉嘴硬說沒受傷，結果回去躺了一晚後變成了豬

頭，因為瞞不下去才揭發了她是炸爐時被那些失敗品濺到，聽那些同樣熱愛煉丹的仙友說，芙蓉應該一開始就會覺得癢和難受，但她就是硬撐了一個晚上，意外的硬頸不肯求人。

「哼！她是草菅人命！」現在想到九天玄女，芙蓉就氣鼓鼓的，自己現在這麼狼狽也是拜她所賜，天知道她現在是不是在瑤池金殿樂呵呵的看著自己出糗！

「連玉皇也在吵著說為什麼要讓妳介入這次的事件。總之，妳現在給我好好待在後面，那隻手等會也得好好瞧瞧，可別被腐蝕掉了。」

「你不要和塗山說一樣的蠢話，我是不可能被黑化掉的。」

「但還是能被腐蝕吧？妳的製成品我可不認為攻擊力低。」真君不放過能揶揄芙蓉煉丹術的機會，不過誠心的說一句，那一小瓶東西能把鬼魔的一條手臂腐蝕掉，量再多一點的話，效果是不是更驚人？

「我們不要糾纏會不會腐蝕的問題，真君你先幫忙把孫明尚抓起來吧！」見二郎真君遲遲不動手把孫明尚收拾掉，對方也只是戒備著不主動出擊，在這個已經打出了缺口的隔離法術範圍內三個人就這樣站著，芙蓉實在覺得很沒效率。

「她是地府的獵物，我可不敢搶功。」

「現在又沒有地府的人在場，你先抓起來不行嗎？」芙蓉環視四周就只有他們三個，孫明尚自然不會負荊請罪投降，她又打不過，二郎真君不出手收了孫明尚誰收？

「誰說沒有？轉輪王不就站在那邊嗎？」

「欸？」芙蓉覺得自己今天已經驚叫了很多次，但驚嚇似乎仍然接踵而來，她剛才已經沒有察覺多了一個二郎真君，現在竟然說轉輪王一直都在，這傢伙到底又是什麼時候來的？是比真君要早還是之後？

一臉驚恐的看向二郎真君指示的方向，芙蓉不自覺的退後，活像那邊有的不是轉輪王而是另一個比孫明尚更棘手的敵人，她握著鞭子的手微微的抖震，已經分不清是傷口的痛還是過分緊張。

那邊將軍府往前院的通道，放了一些假石山和種了一些矮松樹，也不是什麼會太礙視線的東西。因為之前見過一次，芙蓉一看就認出在假山前面站著的是轉輪王，只是他的臉色看來不是太好，站得也十分拘謹。

轉輪王的存在感是低，如果只是他一個人站在那裡，芙蓉覺得自己沒察覺到並不奇怪，上次她人什麼事都沒有也沒發現他跑到農圃，但現在站在他身邊的那個人是誰？

這個多出來的人，大白天戴著一頂黑紗帽已經夠詭異了，看不清臉也算了，但……但這個人的氣勢根本不應該令她無知無覺呀！

黑紗下的視線可能對上了芙蓉，芙蓉頓時覺得冷冰冰的像是冬天的寒風吹過，雞皮疙瘩掉了滿地撿不回來。

在芙蓉認識的人當中，有這樣明顯的冷凍氣勢，數來數去也只有一人。

「芙蓉，看來妳真的有些問題，帝君來了妳也不知道？」二郎真君嘆了口氣搖搖頭，芙蓉這樣子他也不敢說其實帝君比他還早到。

「帝君？哪個帝君？」如果裝瘋賣傻可以把事情輕輕帶過的話，芙蓉絕對願意做的，現在就算要她跳壇也可以，只要跳完之後跟她說帝君的出現只是錯覺就成了。

「妳最怕的那個。」

「我最怕的誰？」

「地府之主，東嶽帝君。」

芙蓉沉默了，她看著轉輪王的方向微微的笑著，但笑了兩秒，笑容就僵在一個生硬的孤度，然後那雙腳舉步就往孫明尚那邊衝過去。

「妳幹什麼？」二郎真君早有準備的在芙蓉衝過他身邊時抓住了她，他差點忍不住要笑出來，想不到芙蓉連東嶽帝君的臉都還沒看到就已經想逃了，還真是委屈帝君一直把自己的氣息壓得這麼低。

「我突然覺得我應該可以打敗孫明尚的，絕對不用勞煩那位，真君請你放手吧！行行好！放手讓我去吧！」芙蓉眼睛都變得紅紅的，眼巴巴一臉可憐的看向二郎真君。

「放手讓妳撲去送死？」真君挑了挑眉，他敢現在放手就不會想回仙界天宮去了。

「那……你可不可以請那一位回去？」

「芙蓉呀！妳覺得我有這個能耐嗎？」

忍著笑出來的衝動，二郎真君一手托著三尖槍，一手拉著芙蓉走向轉輪王和帝君的方向，一邊走芙蓉一雙腳越是不肯動，要是他們走的是泥地，一定會出現兩條東西拖過的痕跡。

「難道妳不奇怪為什麼孫明尚突然不再攻擊了嗎？妳真以為已經變成鬼魔沒了大半神智的她，會思考有危險了所以不能過來嗎？照理說，紅剎了眼的她應該很想衝過來把妳撕成一條條的。」

「看她的樣子完全表現出不想過來，不是嗎？」

「是帝君下了法術呀！小笨蛋。」

三言兩語間，二郎真君已經把芙蓉拖到轉輪王和東嶽帝君的面前。面對地府主人和十王之一，真君十分客氣的行禮致意，而被他挾著過來的芙蓉整個人僵硬，要真君動手拍她，她才僵硬的福了福身，但連一句見過帝君的問候語也遲遲喊不出來，舌頭打結了。

「帝君見諒。芙蓉她……」

芙蓉禮數不足，二郎真君只好代她向東嶽帝君賠個不是，不過帝君似乎沒什麼耐性，二郎真君還沒說完他已經嗯了一聲表示打住了。

「轉輪王。」冷硬沒有一絲柔軟性的聲音在黑紗下響起，後者立即恭敬的朝帝君彎身作揖，等待上司發下指示。

「是的，帝君。」

「給本君抓住她。要是再失手你知道後果。」

這道命令如一道冰錐般刺進轉輪王的心，讓他不由得一顫。

這次他再失手出包，一定死定了。

「帝君放心，這次絕對不會再有差池。」

硬著頭皮應了下來，轉輪王恭敬一禮後退開了兩步，然後在袖子中摸出一道早已預備好的符令擲到天空，然後那本已存在的蜘蛛網不斷的擴大，天空的景色好像變成碎片一樣落下，碎片全落下後才是真真正正沒有阻隔的藍天。

「二郎真君，地府讓你們天宮見笑了。」

「不敢當，帝君。這次勞帝君出手，玉皇陛下也交代要向帝君表達天宮的謝意。」聽到出了名冷漠的帝君跟自己說話，二郎真君心裡也不禁顫了下，果然是如同傳聞一樣光是聲音也已經有冷凍效果了。

「要是想謝本君就不要再發生類似的事。」

「末將定當如實回稟玉皇。」真君也覺得自己的雞皮疙瘩要冒出來了，有一剎那他好像有點明白為什麼芙蓉這麼怕他了。

七 又來一個寧王妃！

紗帽掛著的黑紗被撥開，兩道淩厲的視線投在芙蓉身上，後者立即覺得自己像是被什麼猛獸凶禽盯著似的，那鐵色眼睛像是金屬般冰冷沒有溫度，光是被他盯著已經令芙蓉渾身發涼，但這刻她卻沒了拔腿逃跑的念頭。

有傳東嶽帝君是東王公的弟弟，對於這個傳聞芙蓉抱著信則有、不信則無的態度。仙界巨頭們大部分都不知道是從什麼地方蹦出來的，這些天仙的本體是什麼，他們不說根本就沒有人會知道，他們愛稱大家是兄弟姐妹也沒影響任何人。

而東嶽帝君非常尊敬東王公是仙界眾所周知的事實，雖然帝君長居泰山之巔，偶爾才到東華臺一次，但據目擊過東王公和帝君相處的仙童說，帝君在東王公面前可沒半點平日冷若冰霜的態度，兩人的相處也真的看起來像是兄弟。

起初芙蓉並沒注意這事，但自從她得罪了東嶽帝君開始，她就正視起這個問題來了。

那次東嶽帝君來訪，他剛好在東華臺的主殿中跟東王公喝茶聊天，偏偏在那一天芙蓉把東華臺最近主殿的偏殿屋頂炸穿，而且引發的爆炸大得連主殿也震了一震。

正在喝茶的東王公一臉習慣的淡淡笑著，拉了東嶽帝君就去做他最喜歡的惡作劇，站在一旁等那些嚇得亂成一團的仙童們發現。不過他忘了自己帶著的是存在感超人的東嶽帝君，他跟著東王公還不用來到事發地點，全場的人已經發現了他，也感受到他身上飄出來的寒氣。

所有人都解釋東嶽帝君生氣了，而且是生了好大的氣。

那之後……

回想起那時的事，芙蓉全身的寒毛都豎了起來。和東嶽帝君比起來，轉輪王之前帶給她的恐懼只能說是小兒科。

「見過帝君。」

恐懼過後，芙蓉怯生生的再向東嶽帝君行了個禮，換來對方嗯的一聲。

她想著打了招呼就往二郎真君身後縮，但是左腳才提起一點點，一記冷得讓人打顫的命令隨即響起：「站住。」

帝君把紗帽收起露出真面目的同時，四周的溫度好像下降了幾度。鐵色的眼睛在剛毅線條的臉上像是刀般鋒利，向下彎的嘴角和那道劍眉更是令東嶽帝君的氣勢更強大。

芙蓉敢說不論看多少次，她都不覺得東嶽帝君和東王公在長相上有任何相似之處。除了那頭白髮，但是東王公是帶著銀光色澤的雪色頭髮，和東嶽帝君純白得單一的白髮又是不一樣。

單一得沒有情感般的白，看著那頭白色的頭髮會讓人有一種自己誤闖雪原迷失方向的錯覺。

帝君的頭髮留得很長，一頭白髮披在背後，但散落了一部分在胸前，在那身黑底銀繡的袍服上添上了一抹純白。

整體來說，東嶽帝君雖為地府之主，但他身上並沒有半點陰森的氣質，只是眼神太過不友善，話也很少，語氣很冷、表情很硬。他一板著臉，十個人中十個都會覺得他在生氣。

二郎真君也是那十人當中的一個，看著芙蓉和帝君之間越來越不妙的氣氛，他努力的想著有什麼好話可以挖出來，也思考著要不要把東王公搬出來討個人情。不過又聽說帝君很尊敬東王公，但誰敢用東王公來壓他，一般都會有個比原本更加慘淡的下場。

「妳一臉的心虛。」帝君主動走到芙蓉的前面，走得越近，眉頭皺得越厲害。

「我沒有，真的沒有呀！帝君。」芙蓉緊張的回答，頭才抬起就迎上東嶽帝君的俯視，心怕對方是要把她之前開罪他的事一併討回來了。

這樣一想就真的變成心虛，嘴上說沒有時連丁點信心都沒有，不擅撒謊的她根本就瞞不住人，越說沒有，帝君眉心的川字就更明顯，芙蓉心一驚連忙別開視線，想走卻發現身體動不了。

要死了！

「希望妳心虛的原因不會令本君忍不住狠狠的教訓妳。」

「帝君你說什麼呀！」芙蓉心一驚，她想逃走但是動不了。她無助的眨著大眼向二神真君求救，帝君要尋仇了！

而且他說心虛，他看出了什麼？那個「狠狠的」是什麼意思！

越想越可怕，芙蓉覺得冷汗開始冒出來了。

「帝君，不需要用定身咒吧？」

「動來動去，麻煩。」

東嶽帝君只是冷冷的說了一句，然後把一個長長的東西套到芙蓉脖子上。因為繩子有點長，即使芙蓉頭上有兩個包包髮髻也能順利的套過去。套好之後，帝君哼了一聲解開定身咒便再沒理芙蓉了，只是遠遠的看著轉輪王處理孫明尚的問題。

情勢已經是一面倒，隔離法術被打破，太陽少了法術的阻隔直直曬下來，大白天本來就不是鬼魅出沒的好時間，剛才也是因為有法術的存在，孫明尚才敢大剌剌的出現，現在她一邊被陽光曬得尖叫，一邊被轉輪王不停甩出的符令和咒語追著轟。看這一面倒的形態，今次即使是文弱系的轉輪王，也是勝券在握了。

東嶽帝君置身事外般看著，雖然一句話都沒說，但還是給轉輪王很大的無形壓力，連帶不用下場的兩人也渾身的不自在。走也不是，站著看又不自在，二郎真君陷入了進退兩難的局面，身邊只有兩個人，要找談話對象恐怕也不能去找帝君。

芙蓉則是以為剛才自己會被海扁一頓，連要硬抗的心理準備都已經充分做好了，但是帝君的鐵拳卻沒有扣到她的頭上，而現在掛在她身上的東西是什麼她也不敢去問，碰就更是不敢了。

帝君掛到她身上的不會是什麼機關般的東西吧？只要一動就會引發爆炸效果的那種。這個想法雖然是以小人之心度君子之腹，但是芙蓉實在怕極了，寧願相信帝君給她一個會爆炸的東西，也不敢想這是帝君的禮物。

多可怕！帝君為什麼要送東西給她呀！

手指伸了出來，猶豫著要不要碰碰繩子上掛著的墜子，快碰著時她又縮手，來來回回幾次看得真君也覺得煩了。

如果那東西不是正好掛在芙蓉胸口，他絕對不介意直接拿來一看，可惜位置不對呀！盯著女兒家的胸口看也很不妥……

「帝君！這不是……這是東陽藍石吧！」

「嗯。」

「欸？」

聽到自己脖子上掛的是什麼東西，芙蓉的心理壓力一瞬間增加很多倍，她小心的拿起掛在胸前的東西，手剛碰到便覺得石質生暖。

她也只是聽過這東西，沒見過實物，托在手上看清楚玉牌上面雕刻的紋路全是吉祥的雲紋，她也感到這東陽藍石的佩飾上有被下過不只一道法術，這方面她現在沒時間深究了，光是拿著她已經覺得整個人舒服多了，連手上傷口的刺痛感也減輕了不少。

「帝君，這不是『嗯』就解釋得了的事情吧？」二郎真君頓時感到無比頭痛，東嶽帝君就不能多動兩下嘴把事情說得清楚明白一點嗎？

芙蓉也和二郎真君有同樣的想法，這麼貴重的東西就算有人要送她也應該不是出自帝君的手，這真的需要好好解釋一下呀！要真的是帝君送的她才不敢收，連代為保管都不敢呀！

在仙界，東陽藍石是仙石寶石中排行前五的珍貴石頭，更不是想採集就能採得到的東西。它石質溫軟剔透，顏色青藍，石上的紋路在光線之下會像流水般游動。不過，好看並不是它珍貴的原因。

東陽藍石產量稀少，儲存的靈氣十分龐大，放在任何用途都是上佳的選擇。

目前在仙界中公開擁有這仙石的也只有玉皇和東王公兩人，三位天尊或許有，但這些都是什麼人物？全都是仙界巨頭呀！

現在一塊一拇指大小的東陽藍石雕花配飾就掛在芙蓉脖子上，雖然掛得十分隨便，東嶽帝君甚至有種把準備棄置的東西隨便掛到芙蓉頸上的感覺，但那是好東西的事實是無法掩飾的！

二郎真君腦袋要混亂了，東嶽帝君是不是出了什麼問題把這麼貴重的東西給芙蓉？

「解釋？」帝君斜斜的看向二郎真君，嘴角向下彎的角度微微增加了一點，鐵色眸子中開始透出不耐煩。

在心中悲鳴了一下，別說芙蓉了，連二郎真君也覺得在帝君的氣場前有很大的壓力，被帝君多瞪幾下心裡的底氣就飛快的消失。芙蓉更是很沒用的躲到真君身後，用他高大的身材把自己的身影遮住實行鴕鳥行動。

「回去後玉皇陛下一定會問的，帝君就幫末將一把，好讓末將能交代過去吧！」

「東王公讓本君把這東西順手帶過來，現在事情已經辦好，二郎真君可以帶著她回去要去的地方。」勉為其難的提供解釋，帝君擺出一副不准再問的表情。

但那雙鐵色的眼睛還是瞪了芙蓉一眼才移開，讓芙蓉平白又打多了一個冷顫。

二郎真君能夠拿到解釋已經夠歡天喜地的了，也沒細細的研究為什麼東王公要讓帝君帶這樣的東西來。明明之前東王公直接從東華臺派了仙童下來，要仙童交東西給芙蓉就可以了，但偏偏讓東嶽帝君拿來。

「先回去可以嗎？」芙蓉小心的探頭詢問，放她離開自然是求之不得呀，但是轉輪王還在奮戰，她和二郎真君就這樣走掉好像有點沒義氣。還有，芙蓉想從孫明尚口中問出是誰教她那些咒術，也想知道是誰把她變成鬼魔的。

要是讓地府的人把她打成稀巴爛就難問了。

「隨妳。不過本君不保證妳再等下去，王府還能否有活人存在。」

※　　※　　※

寧王府現在有部分人正陷入危機當中。

當塗山趕回王府後，他還很有閒情逸致的先喝了口茶。外面太陽很大，李崇禮已經早早回到書房看書，潼兒也在旁邊侍候，日子像平時一樣平靜的過。

只見塗山不見芙蓉，引起了李崇禮和潼兒的疑惑，一定是出了什麼麻煩事塗山才會一個人先回來，而且塗山一回來不像平日待在小房間睡午覺，卻是跟他們賴在一起。

而發現出了狀況正是潼兒從書房出去換茶水的時候。

出了書房，遠遠看到外出辦事回來的歐陽子穆正迎面走來，才禮貌性的問了安，潼兒卻發現一道黑影掠過王府的天空，而芙蓉和塗山設下的結界被一下子打破了。

事出突然，歐陽子穆又在面前，潼兒不知道該不該大叫通知塗山，雖說結界被破塗山應該有所感應，但萬一敵人不只一人而塗山跑去迎敵的話，李崇禮就落單了！他得趕回李崇禮的身邊才行。

「潼兒？」

發現到潼兒的心不在焉，歐陽子穆疑惑的喚了一聲，但隨即卻兩眼一翻軟倒地上，頭撞到地上時還發出很大的聲響，潼兒尖叫著把茶盤扔到一旁衝到歐陽子穆身邊查看。

這樣一撞，歐陽子穆不只失去了意識，連頭都給撞破流血了！

潼兒急了起來想喚人，但又想到正苑出了事還把王府的下人喚來只會更混亂。書房那邊傳來塗山的怒叫聲，看來已經和入侵者打了起來，潼兒連忙把歐陽子穆拉起，出盡九牛二虎之力把一個成年男人扛在背上，一步一步走得艱辛。

潼兒自問實力一般，即使他在歐陽子穆身上布陣或設結界也很容易被人擊破，唯今之計只有把人拖到書房，放在李崇禮身邊一起保護。

快要走到書房之際，一道暗色身影突然閃到潼兒面前，來不及發出驚叫潼兒便發現自己被扔進了書房。

書房的門被打壞了一邊沒法關上，而另一扇則被拆了下來還斷成兩截。被粗暴的扔進書房的潼兒呼著痛爬起身，地上的木碎片扎得他流眼淚，但是背上壓著他的男人更令他欲哭無淚。

很重，真的很重，想想他才十二、三歲的身板被一個失去意識的男人壓著，那重量到底有多驚人！為什麼塗山要把人丟進來也不分開丟，硬是要他充當人肉墊子！

「潼兒，你還可好？」李崇禮把歐陽子穆扶開讓潼兒可以爬起身，見潼兒沒受什麼傷後李崇禮才放心，然後他的目光停在自己手上沾到的血跡。

一時之間李崇禮腦袋一片空白，看著歐陽子穆一句話都說不出來，唯一令人發現他心裡不平靜的是他緊握成拳的手。

「他會沒事的。」潼兒不知道怎樣安慰才好，只能拉了拉李崇禮的衣袖讓他回過神來。

李崇禮沉默的和潼兒一起把歐陽子穆扶到一邊，潼兒也飛快的替傷者處理了傷口，他好歹是仙童，法術再不行他身上也有一些靈藥。他摸出一個小藥盒把透明的膏藥塗上去再找布包好，然後就放歐陽子穆一個人睡了。

看著友人昏睡的樣子，李崇禮不可能沒有任何感覺，他身邊可說得上是朋友、知己的已經不多，兄弟間的親情本已不足，而身為皇子，旁邊也沒有多少人能和他們平起平坐。歐陽子穆是他難得沒有想要利用他的身分，而他又視之為朋友的人，如果不是替自己辦事，他未必會迫遭難。

「王爺，這不是你害的。」

潼兒輕輕嘆了口氣，他下凡後也比以前在仙界多愁善感了一點，過去他基本上不需要想生離死別的問題，但來了這裡之後，孫明尚的死也帶給他不同的想法。

潼兒也會代入去想，如果是他身邊的人死了，他會怎麼樣？人死了就是永別了，不是跑到地府去就能見到人的，要是和對方有著回憶的，那失去了對方也還能想起，但是如果沒有，那感覺就是一種遺憾了。

那時大概會問自己，為什麼不在對方還活著時製造多點回憶？為什麼沒有把要說的話說完？對方走了，卻發現和對方之間什麼都不曾存在過的感覺一點也不好過，會令人覺得心裡永遠有著一個遺憾。

為什麼又是李崇禮身邊的人呢？潼兒不禁這樣想。這段時間他最常待在李崇禮身邊，仙界說李崇禮的命格很好，今生福祿雙全，但是潼兒覺得李崇禮活得不那麼快活，他身邊重要的人一個個出事，母妃、王妃、朋友……不是他主動去害人，但是他頂著皇子的身分才會捲進太子之位的競爭當中，而這些人就一一受牽連了。

「還說不是我呢？」李崇禮苦笑了一下，隨即把身上的薄外袍脫了下來蓋到歐陽子穆身上。「塗山在應付的那個也是衝著我來的吧？」

「王爺……」

潼兒焦急的想說什麼，但轟的一聲，書房外的窗架被一道風刀劈過，被打碎的木片襲向房中的人，潼兒連忙擋在李崇禮前面。眼看小小的身板想做擋箭牌，李崇禮連忙伸手拉過他，卻發現潼兒的周邊轉起了一道發光的符令，把飛到他們身邊的東西都擋下來了。

碎片是沒傷到人，但颳過的風卻把潼兒吹得退了幾步不得不靠在李崇禮身上，一大一小兩個人在強風下有點像風暴遇難者般瑟縮在一起。

強風之後一道白火在門外掠過，接著一黑一白的閃亮接連乍現，塗山操縱的白色狐火驚險的在書房前攔下敵人的攻擊。雙方短兵相接後各據一方，塗山守在書房門口，而來襲的敵人站在院子中，一臉好奇似的看著王府正苑的環境，完全不像是來害人的。

「沒大礙吧？」塗山守在書房門口，確認屋內雖然變得一片狼籍，但人似乎沒有重大的傷害，他稍微鬆了口氣。

什麼都好，在自己的眼皮下萬一李崇禮出了什麼事，他一定不會原諒自己的。也怪自己對王府的結界太有自信，他沒想到自己和芙蓉設下的結界這麼輕易就會被破壞，現在敵人的急攻害他一時慌了手腳。

現在站在花園中的人，隨便在王府拉個人來也一定認得出是誰。但這張臉卻不應該在此時此刻出現在這裡的。

「孫明尚？」

對方只是勾起一個美豔無邊的笑，沒有絲毫意思回答塗山的問題。

「王爺。」

如印象中的聲音響起，不過當中卻帶著陌生的依賴和撒嬌，那雙像多了層水霧的眼睛緊緊的看著李崇禮，孫明尚踏前一步，繡花鞋露出裙襬，步姿看起來有點搖搖欲墜，令人會不自覺的生起憐憫之心。

但是這一切都不應該是孫明尚所有的。

「站住。妳以為我會讓妳接近他一步嗎？」

塗山沉著臉，聲音隱約透出令人感到懼意的威壓，一直懶洋洋像懶骨頭不願動的他，此刻的氣勢才真的像修煉千年的狐仙，連潼兒手臂上也因為這氣勢冒出了一顆顆雞皮疙瘩。

「王爺，為什麼？你不讓我回來嗎？」

孫明尚雙頰上滑過兩行清淚，那聲音萬般委屈，她無疑是在用這臉孔勾起李崇禮對她的愧疚。

李崇禮慢慢的站起身，潼兒連忙拉住他，怕他真的被蠱惑跑了出去，要是出了書房發生什麼事，塗山不一定能護他周全。

潼兒想起塗山跟他和芙蓉說的話，先前要王妃「死」在宮中一來是解決掉孫明尚失蹤身死的問題，另一個最大的目的，還是要讓李崇禮有一種孫明尚已經死了不可能再回來的真實感，防的就像是現在這樣的情況。

人是有七情六慾的，李崇禮個性雖不是最好的，但他也不是一個冷血的人，自然不會把孫明尚的死視如無物，要是他真的是這樣的人，即使是工作，芙蓉恐怕也不願意繼續幫他了。

現在孫明尚活生生似的出現在李崇禮面前，他會不會就這樣接受了孫明尚沒死？只要他這樣信了，外人如他們再說什麼也沒有用了。

「妳不是王妃。妳是誰？」

「王爺……」

孫明尚聲音顫抖，蓋著水霧的眸子也哭紅了，她的苦情戲演得很好很足，但卻不像真正的孫明尚會有的所有反應，那個女人真的要哭也一定會是號啕大哭、歇斯底里的那種，才不會像個小家碧玉般委屈的流眼淚。

「妳不是，不要再裝成她了，她是不會用這樣的表情看我的。」李崇禮搖了搖頭，看著假冒的孫明尚，眼中帶著一抹同情。

「還真是狠心的人呢！看到和自己妻子一樣的臉竟然也無動於衷。」

「只是臉一樣，妳卻不是她。本王也沒必要跟一個冒充者演戲。」李崇禮轉了自稱，在一個真面目不明的敵人面前，他的皇家氣勢也沒有令人覺得他處於下風。

大概是生氣了吧？

潼兒小心的緊跟在李崇禮身邊，擔心的看著身邊的青年，王妃橫死已經是件遺憾的事，死了還要一直被人利用更是可悲，死者不可褻瀆是人對逝者最基本的尊重呀！

「真可惜，要是你在前次的詛咒中慢慢死去就不用這麼麻煩了。為什麼會惹出這麼多棘手的存在？一個女仙、一個仙童，還有塗山你呢！」

那個「孫明尚」很快就收起了眼淚，之前裝出來的楚楚可憐瞬間收起，站在花園的女人光是神態的改變就像是變了另一個人。

「那個王妃叫什麼？好像是什麼尚吧？她挺麻煩的，把她弄醒後一直吵著說要找王爺，既然你對她這麼重要，我就好心來提早把你送下去吧！」

「想碰他一根頭髮也得先過我這關！」對方無視自己存在，開口閉口就是要殺了李崇禮，塗山能忍下去就怪了。

「可以的話，我不希望塗山擋在我前面。」

「妳從何處知道我的名字？」塗山不快的瞪著眼前的女人，仙妖認人主要是認氣息，即使化形的法術練得再好，氣息也是改不了的，但這女人給塗山的感覺卻有點陌生，印象中找不出對這個女人的印象。

「多年不見別來無恙吧？身手也和以前不同了，不過現在的塗山打不贏我的。」

說罷，女人在塗山的視線中化作一道殘影，代替武器的尖銳指甲瞄準著他的喉嚨，五指並攏的刺過去。塗山一步也沒退，他一退對方就能有機可乘闖進書房，他必須守在這裡，任何攻擊都要擋下，他要做到也有信心做得到。

塗山向左移一步，險象環生的躲過對方的尖指，眼尾看到的指尖是黑的——上頭抹了毒！被劃到的話，恐怕他也得吃虧。

被動迎戰不合塗山的作風，只見他嘴角勾起一笑，眼中精光一閃，一手已經抓住了對方掠過頸邊的手，憑著兩人貼近的距離，塗山另一隻手同樣帶著尖尖的指甲掐住了對方的脖子。指甲劃過對方的臉頰只感到一陣冰涼，然後一道紅痕已經劃在了對方的臉上。

「妳這張臉果然是假的。」

「一開始就以真面目示人不就少了點樂趣嗎？本來我是想看看五皇子看到王妃的樣子會有什麼反應，結果我有點失望了呢！」完全不像被掐脖子般輕鬆的回話，她就這樣任由塗山掐著她，明明有一隻手可以自由活動也沒有任何的反抗動作，一雙眼甚至沒看幾次塗山，大多時候是在看書房中的李崇禮。

「妳現在在我手上還這麼大口氣嗎？」

「呵！真的是這樣嗎？」女人不痛不癢的笑著，一直垂下沒動靜的手無聲的舉起。

她一笑，塗山臉色一變放手甩開了她，女人也趁這空檔退後了好幾步。

一陣肉眼很難看得出但在陽光下微微反光的粉末，在女人剛才的位置緩緩飄下，這東西讓塗山看得瞪眼，封塵已久的記憶也清晰的被勾起了。

看著塗山疑惑的表情，女人呵呵的笑著，雙手結印解除了化形的法術露出本貌，同樣是個美豔的女人，外表年齡二十後半，一身湖水綠色調的衣裙，長長的黑髮有一半束起，簡單樸素的飾物和她的臉有點違和。

塗山不自覺的抽了口氣，看到對方的真面目他是震驚的，他沒想到敵人竟然真的是他所認識的人！看到那張臉，塗山心裡有一點點的遺憾，是什麼人都好，他也不想看到一直在背後生事的竟然是故友之一……

相反塗山的震驚，李崇禮卻莫名的感到一點失望，在心底他或許是真的希望再見孫明尚一次，好好的和她說聲對不起。

看著塗山和李崇禮的表情，女人笑得很愉快，美豔的紅唇勾出一個愉悅的弧度，眼睛中的笑意也毫無掩飾。隨著她的笑，先前偽裝出來的鬼氣消失無蹤，隨之而來卻是濃郁的妖氣。

潼兒慌張的把李崇禮扯到更裡面，雖然這只是五十步笑百步的距離，但多兩步也總比沒移動的好。憑潼兒的個人經驗，這個女人的實力絕不亞於塗山之下，修行年數也算得上是千年老妖的一分子，這陣子千年級的仙妖出沒率也太高了一點，光是京城就有兩個，密度也太過高了！

潼兒發現東王公在他下凡前替他弄的護身法術又再啟動，淡淡的亮光包裹起潼兒和李崇禮兩人，保護著兩人不被妖氣傷害。

潼兒稍微鬆了口氣，法術是東王公親手下的，被擊破的可能性很低，只要李崇禮別亂動、乖乖待在他身邊就好了。

只要他不亂動的話……

「呀！」潼兒發出一聲慘叫，剛才還想著要他不要動的人竟然一聲不響的衝出了法術保護的範圍，潼兒大驚失色的追上去，眼看那女人的妖氣沾到李崇禮身上他十分焦急，那麼強的妖氣沾一點點對凡人來說也是傷害，更別說李崇禮本身已經夠弱的了，再被妖氣所傷就會很麻煩。

「李崇禮！」塗山因為潼兒的尖叫才發現李崇禮不顧一切似的跑到書房內堂，他第一時間想趕過去把人撈回潼兒身邊，但他卻騰不出空來。

李崇禮現在無疑等同自殺的行為正合那個女人的心意，她是絕不會讓塗山插手節外生枝的。

她呵呵笑著甩動長袖，湖綠的袖子隨即變長化成鞭子襲向塗山，把他的腳步截住。她衣袖掠過的地方散落著一些不易令人察覺的鱗粉，看到這東西塗山連忙抬手把鱗粉全都吹了出去。

「我是真的不太想和塗山你交手的，我的目標只是他一個，把他交給我可好？我可以不殺他的，讓他和李崇文一樣也就足夠了。」

「原來李崇文的事也是妳下手的嗎？妳以為我會眼睜睜的讓妳把李崇禮弄成痴呆？作夢！」塗山斬釘截鐵的拒絕。察覺到敵人的身分後，塗山一點也不敢大意，也總算知道了為什麼孫明尚這麼輕易就變成了鬼魘，李崇文又為什麼一下子變成那個樣子。

如果背後主使的是眼前這個女人，那麼，這一切都是小兒科。

「他沒死不是嗎？所以塗山，我不想成為你的敵人，看在多年前的交情分上，你退一步可好？」

「就算是姬英妳要求也不可能，在妳對李崇禮下手的一刻起就不用再提我們的交情了。不如妳退一步收手，看在多年前的交情，我可以當作沒見過妳。」塗山攔在書房的前面，用行動來告訴姬英他的態度。

塗山單手托著一團狐火，白色的火焰把殘留下來的鱗粉燒成粉塵，塗山可不敢大意的給對方有更多接近李崇禮的機會，現在他擋在前面，雖然遲了一步，但是潼兒追在李崇禮後面把他重新保護起來，可若是讓這些鱗粉飄了進去，萬一吸入身體就是一大傷害，比邪氣入體還要麻煩好幾倍。

那些難以察覺的鱗粉帶著的劇毒雖不是無藥可解，但是能在毒發身亡前找到解藥卻是難事，絕不能冒險，李崇禮是絕對不可以出事的。

潼兒因塗山和敵人之間的對話感到心驚，萬萬想不到敵人竟然是塗山認識的人！

但是那個妖氣是怎麼一回事？塗山是千年狐仙，對方看似也有差不多的修行，但是那身妖氣就和塗山有很大的分別。

這個塗山稱之為姬英的女人入了魔道，放任下去……應該說，以她現在幹的事，天宮怎麼說都不會坐視不理。

潼兒覺得心情有點混亂，開始擔心塗山真的攔不住對方……要是這姬英真的比塗山還厲害，那剩下的他要怎樣保住李崇禮？難道那個錦囊現在就要用了？

咬了咬牙，潼兒大力的拍了拍臉頰替自己打打氣，趕了上去拉住李崇禮的衣袖，把他重新納入法術的範圍。

「王爺你太魯莽了！一個不好會死人的！」扶住李崇禮的手臂，潼兒一臉不認同的瞪向他。這是他第一次用這樣的態度面對李崇禮，平日潼兒是把他當成半個東王公來服侍，他要是有什麼事，潼兒有種會影響了東王公的錯覺，這錯覺令他十分不愉快。

「不能扔下子穆不顧。」走到歐陽子穆躺著的軟榻上，李崇禮見對方沒事才鬆了口氣，但心情稍微一放鬆，身體的不適感立即湧了上來。

「怎麼辦！怎麼辦！」

潼兒亂得團團轉，扶著李崇禮又不能走開。現在他們在內堂，看不到塗山那邊的情況，只聽到外邊好像又陷入混亂的戰鬥似的。

待在東華臺這麼久，潼兒也從沒有如此手足無措。自己什麼都做不到，每次都被置在安全的位置，李崇禮是個凡人被保護不奇怪，但他好說也是仙界的一分子，但來到凡間仍然是戰鬥力、行動力不足，連現在的防禦力都不是他自身的。

就連李崇禮一臉的青白，他都沒有任何辦法可以幫得上對方。

咬著唇，鼻頭一酸，潼兒眼眶一熱，雙眼通紅的又死忍著不讓眼淚流下，模樣要多可憐就有多可憐。

瑟縮在內堂的三人中，兩個大人是傷兵、剩下的是小孩，加上滿地木頭碎片的現場看上去就像有殺人狂找上門，戶主正在外面和殺人狂拚命，而屋內的老弱傷殘就飲泣著不知何種命運降臨。

這種情況大多有兩種結局，一種是變態殺人狂得手，先宰了拚命的戶主，再把屋內的三個老弱殘兵剁了；二是戶主支持到援手趕來，一起把殺人狂打跑。

四周突然變得很寧靜，之前打鬥發出的聲音驀然停止。

一道短短的影子從書房正門透進來，地上的木頭碎片被踩出了細碎的聲響，期間還夾雜著好像有人因為不滿路被擋忿而把碎片一腳踢開的粗暴聲音。

潼兒不自覺的縮了縮，而李崇禮卻本著外表年長者的意識撐著不舒服的身體擋在潼兒前面，兩個人都被那逐漸接近的腳步聲弄得神經緊繃。

突然腳步聲驀地停止，換上一陣翻箱倒篋的巨響，在神經緊張得快要斷掉時，一個應該是人類的東西、上面還壓著半片屏風的殘骸，一步一步的爬進了內堂。

驚恐的尖叫從潼兒嘴中冒出，他嚇得眼都閉了起來，只顧著尖叫，還讓李崇禮反過來安慰他。

「就算我被殺了，那也不是你們的錯，只是命中註定。」語氣沒有一點無奈，反而表現出一種看開了、豁然開朗的情緒，李崇禮輕輕的拍著潼兒的背。

如果等會就會被殺死的話，他這短短的一生雖然有著遺憾，但在最後這段時間遇上這些仙界來的人，他覺得算是完滿了，畢竟他也過上了一小段感覺輕鬆的日子。已經遇上像塗山那麼厲害的狐仙幫忙，真的避不開這劫難也沒辦法。

怨天尤人是沒用的，不如放開心胸的去接受。

潼兒紅了眼的看著李崇禮，緊咬嘴唇也無法止住眼淚流下來，他想做點什麼，但是拖著東西前進的聲音已經迫近內堂，那短短的影子也越來越清楚了。

「你們倆什麼混帳命中註定！我被壓住了你們是故意裝作看不到嗎？」

一隻屬於女孩子的細白手臂從外面攀進內堂的矮門檻上，手掌的位置包了一條手帕，但上面已經沾了不少灰塵和木屑，不應該露出衣袖的細白手臂有一點點瘀青。再往上看，那衣袖還有點眼熟了。

用手臂一步一步爬過來，好不容易從塌在身上的屏風殘骸下逃出生天，還來不及多呼吸幾口新鮮空氣，慘叫聲又刺激著脆弱的耳膜。

「嗚呀！芙蓉變成爬行鬼回來了！」

「你才是鬼！」

八
凡間大亂是誰的責任？

把變得更破爛的披帛丟到一邊，再把寬大的袖子綁了一個結，晃著兩隻手臂搥著腰背的芙蓉很不雅的用腳把曾壓著她的屏風推到一邊，地上一些較礙事的碎片也都被踢開。

忙碌著的她看上去並非完好無缺，不計她右手包的手帕有少許已經乾涸的血跡，身上的衣服也有不少被劃開的破口，手臂的瘀青同樣扎眼，她出門好像也沒有很長的時間，一回來就變成這個樣子了。

外面，塗山和那女人的戰鬥結束了嗎？芙蓉到底是怎樣進來的？

潼兒很好奇但不敢問，心情似乎處於不快狀態的芙蓉不只是踢著木頭發洩，嘴裡還在唸著某人太粗暴把她像扔痲包袋的扔進來，害她身上撞得青青紫紫。

原來那都是被扔進書房時撞出來的！潼兒頓時感到無言，那一身好像經歷了激戰般的模樣原來只是錯覺呀！

摸出一疊黃紙，芙蓉忙著寫符沒注意到潼兒和李崇禮的視線，她在書房內堂的範圍貼好符咒，再直接結印把結界法術連結後，房內瀰漫的妖氣才被驅散，潼兒身上的防禦法術才又慢慢的平息。

「潼兒你是腦袋撞壞了嗎？憑你身上那個東王公的法術，就算外面那個老女人殺進來也不可能打破的。」

確定法術完成，芙蓉把道具都收起來後轉過身，雙手扠腰一臉正經又嚴肅的瞪著潼兒，她和塗山分配給潼兒的工作是做李崇禮的人肉盾牌，用身上東王公大贈送的護身法術保護李崇禮，這如意算盤她和塗山都打得響噹噹，結果卻出現了偏差，李崇禮現在的臉色不要說比下午她出門前差，那根本是比她第一次見他時還差上不止一倍！

「話可不能這樣說呀！凡事都有意外的嘛！」潼兒惴惴不安的避開芙蓉的視線，芙蓉沒罵他不代表她不生氣。和她相處久了，怎會不知道她現在臉頰氣鼓鼓的又不笑是在生氣！

芙蓉越走近，潼兒就越想退後，但他背後已經是歐陽子穆躺著的軟榻退無可退，再來他正扶著的李崇禮好像半點氣力都使不上了，身體的重量大半都靠在他身上，他要是逃開，李崇禮就得躺到地上了。

「對呢！而且意外似乎已經發生了。」

昏迷不醒的歐陽子穆和臉色慘白的李崇禮兩人，芙蓉想裝作看不見都難！要不是出了意外，他們看上去會這麼悽慘嗎？

無名火起三千丈，芙蓉有種自己的東西被冒犯的感覺。李崇禮現在是她罩的呀！欺負他的小弟就是損她的面子呀！

走到李崇禮身邊幫忙扶著，無視男女大防避諱的芙蓉上下其手的摸李崇禮的臉，又探摸他的額頭、撐開他的眼睛，只差沒迫李崇禮張開口喊一聲非禮。

「我現在不問發生了什麼事，但李崇禮從這一刻起要乖乖聽話，讓你睡就睡，吃就吃，不准動就不能動。你現在是把我這段日子辛辛苦苦建立的成果化為烏有了。」

「抱……」

「別說什麼沒辦法、深感遺憾的話，你現在這情況是可以避免的，不過要是你不理歐陽子穆只理自己的話，我們會鄙視你。真是兩難呀！」

完全不給別人辯解的機會，芙蓉自顧自的邊說邊憑空取出一個玉盒，長方形乳白色半透明的盒身帶著詭異的顫動，解開盒上的封條，芙蓉眼明手快的一手抓住從盒子中飛撲出來想逃的東西，那東西在芙蓉的手中極力扭動掙扎，可惜再出力也扳不開芙蓉鐵手的鉗制。

「先含片人參片補補氣吧！」芙蓉左手抓著扭動著的人參舉到李崇禮面前，後者臉色好像越發蒼白，不可置信的看著那株被死死掐著的人參狀物體，表情異常的抗拒。

含一片人參片？但芙蓉手上的這一株還是完整的，那是不是現場把它切成一片片？現在動刀子把這東西切了？但是……它會動的呀！李崇禮在內心吶喊，就算告訴他這是植物，但植物是不會動的！而且它很明顯的想要掙扎逃走，所謂君子遠庖廚，怎可能叫他眼看著這隻會動的東西被切了然後直接吃下去？

從沒接近過廚房的他，從小到大餐桌上的都是已經仔細烹調過的精緻食物，從來沒有吃生食的嗜好，也沒有烹飪入廚的興趣，雖然桌子上的每一道菜都曾經是活生生的動物，但知道和看到並不能相提並論，宮中和王府的廚子也不可能跑到他的面前鉅細靡遺的形容宰殺和烹煮過程。

現在他連看都不敢看那個可憐的東西了，胸口更是感到一陣噁心，不由自主的掩著嘴，不這樣做似乎就忍不住要吐了。

沒發現李崇禮一臉的抗拒，芙蓉不知從何處摸出一柄小刀，刀刃的長度大約就是一掌長，說這是匕首也勉強，但又比一般的飛刀大一點。正要手起刀落的把人參切片，李崇禮終於忍不住乾嘔了起來。

「呃……」芙蓉舉著刀子一臉的尷尬。

潼兒邊忙著替李崇禮順氣，邊丟給芙蓉一個責怪的眼神。他瞪了芙蓉一眼後又瞪向那株人參，問題就是出在這隻會動的東西上，還敢說要在別人面前切了生吃，完全不顧別人的感受。

芙蓉掐著人參的手加重了力度，手中那隻可憐的東西如果能發出聲音，應該已經慘叫一聲暈了

過去。確定人參不會動後，芙蓉重新舉出手，又把「暈倒」的人參遞到李崇禮面前。

「這是植物，會動只是你的錯覺。」說了個根本沒人會信的大話，芙蓉好像聽到外面響了一下悶雷。果然不能說謊……

「現在說已經太遲了。」潼兒翻了個白眼，把人嚇成這樣才說是錯覺要騙誰啊！

「算了，潼兒扶著他的頭。」

芙蓉沒耐心慢慢解釋手中的人參是否仍是植物的課題，直接命令潼兒下手，她也放棄用刀子切人參片，直接拔了一條頗粗的人參鬚就要塞到李崇禮的嘴中。

手指接觸到李崇禮的嘴唇，那溫熱柔軟的感覺差點讓芙蓉嚇得紅著臉縮回手，她現在一手扶著李崇禮的頭、一手抵在他嘴邊，兩人的距離前所未有的近，近得連對方呼出的氣息也能清楚的感覺到。

看著李崇禮一臉死不張口、寧死不屈的表情，芙蓉覺得自己現在的形象真有點像是迫良為娼的惡霸。之前對人家上下其手都沒有半分特別感覺，現在心裡多了這個想法就變得無比尷尬了。

頭髮滑過指間的感覺太過真實，手觸摸到他的臉傳來的體溫，卻不像上次他拉她的手時感覺到的熱度，現在他的體溫卻是冰涼。這溫度讓芙蓉回過神來，也顧不得自己現在非禮勿動的問題，人參鬚是一定要硬塞給李崇禮吃下去的。

好好一個青年被人迫著張嘴是很屈辱的一件事，兩眼一翻，李崇禮直接昏了過去。

「雖然這人參不是驅除邪氣入體的靈藥，不過能讓他的身體不再差下去，也給歐陽子穆一條參鬚吧！」說完又拔下了一條，把人參收好後，她拿著拔下的參鬚塞進歐陽子穆的嘴裡。

從沒見過直接把參鬚塞進嘴的，潼兒不禁替二人感到悲哀，特別是看到從嘴角冒出來的鬚根時。

「他怎樣也傷成這樣子了？」

「歐陽大人只是跌在地上撞破了頭。芙蓉妳是怎樣殺進來的？外面那個叫姬英的女人沒攔妳嗎？」眼前的危機看似解決，傷病者也已經處理過，也該關心一下外面的情況了。

「呀！那個老女人原來叫姬英呀！她和塗山殺得死去活來，塗山又是怎麼了？他都不准別人插手，火氣很盛呀！」被扔進來的芙蓉其實也沒多清楚外面的情況，一來到就看見塗山怒氣沖沖和一個女人開打，還沒看幾眼她就被丟進來了。

「他們好像是舊識。」

「呀！那就是千年老女人了。」

「重點不在那裡吧！只有塗山一人會不會有問題呀？」現在完全聽不到外面的動靜，也不知道塗山有沒有佔上風，想到那女人的自信潼兒就擔心了。

「安啦！二郎真君守在門外，什麼問題都不會有。」

「真的嗎？」潼兒驚喜的說。論可靠度，芙蓉和二郎真君相比絕對是後者。

說罷，他高興的湊到內室的窗戶邊，仗著還有芙蓉和自己身上的法術保護大膽的打開了一道窗縫，看到拿著三尖槍守著門的二郎真君。看在潼兒眼中，真君就算是隨便站著守門也是威風凜凜的神兵天將，那樣的存存往往都是小仙童們憧憬的偶像。

眼中的崇拜快要變成實際的閃光，刺得芙蓉眼睛痛。

「潼兒你的表情很欠扁。我就這麼信不過嗎？」嘴角抽搐的看著潼兒那萬分崇拜的表情，她在外也是很英勇抗敵的呀！為啥潼兒對她就是一臉的不放心？

「不是啦！不過難得看到真君大人，所以忍不住多看幾眼。」吃吃笑著掩飾，潼兒小心的回答以免誤踩地雷，可惜他發出崇拜閃光的一刻，地雷早已經爆了。

「你只是暫時性男扮女裝，不要真的習慣了小女兒家的姿態呀！不然換回男裝時就要變人妖了。」

芙蓉是故意的，故意危言聳聽的讓潼兒大受打擊。

潼兒這陣子天天梳丫髻穿女孩的裙裝，不知不覺已經十分習慣，一開始男扮女裝時那樣彆扭表情也沒再看到，更別說塗山這個穿女裝也不會害羞的狐仙在一旁幫著灌輸了不少帶著誤差的觀念。現在聽到芙蓉說自己很自然的擺出了女兒家的姿態，潼兒頓時覺得自己的世界要崩塌了。

潼兒大受打擊時，芙蓉又在書房內室忙碌著，這裡不比偏屋放了一堆他們常用的東西，但好歹是王爺的書房，芙蓉勉強也找到幾個稱手的東西。

在潼兒走神時，芙蓉已經把能找到的燭臺蠟燭都翻了出來。

「除了二郎真君，還有地府的人嗎？」從一時的打擊中回過神，潼兒臉上帶著幾分沮喪，也不想理芙蓉是不是找出十個還是二十個燭臺了，他現在什麼都不想理。

不過芙蓉這次不是把燭火點得滿屋都是，反而是圍著昏倒的李崇禮身邊點。

「東嶽帝君來了，還說對李崇禮很有興趣，很恐怖是不是！」手上拿著一支點亮的蠟燭，芙蓉一臉恐怖得像是準備說鬼故事一樣，要是換了大半夜看到現在的她，一定會被嚇到。

「芙蓉……帝君已經來了呀！」潼兒從窗縫收回視線，臉色惴惴不安的跑到芙蓉身邊一起蹲著。

※　　※　　※

鐵色冰冷的眼睛看著圍牆下的一片混亂，黑色紗帽早已不在，在烈日下為帝君遮著猛烈陽光的是一把紙陽傘。在將軍府把事情了結後來到寧王府時，帝君身邊的隨侍從一個增加成兩個。

在幾道視線的盯視下，於王府正苑花園中和塗山打得不相上下的姬英，第一時間發現自己被敵人圍住，面前是咄咄逼人的塗山，書房門前站著的是天宮有名的天將二郎真君，雖然他看似沒有主動插手的打算，但萬一他和塗山合作要把她留在這裡並不難。

他越是不動手，姬英心裡越是沒底，好幾次她都想儘快擺脫塗山逃走卻沒能成功。

塗山的狐火克制著自己的鱗粉，雖她也沒一面倒的被塗山佔著上風，但他們兩人的修行相若，打下去恐怕僵持三天三夜都不成問題……萬一到時候二郎真君出手，她就沒有還擊之力了。

她的計畫還未成功，現在絕不能讓人抓住，今天殺不殺得了李崇禮也不重要了，她比較想知道二神真君到底有什麼打算，為什麼他會來？

這個問題在姬英心裡冒起了不止一次，越想就越疑惑。

對天子動手會驚動天宮她早已料到，也有心理準備事情會越發的棘手，天宮因應事態派天將來也是合理，但為什麼二郎真君來了卻連開場白都沒有說也不動手？

而且那個看似笨蛋的女仙也讓她泛起不祥預感，在她的計畫中似乎不應該出現一個那樣的女仙，仙界派來追捕或是阻止她的仙人中不應該有那樣的存在。看上去那女仙不算強，根本不是可以和她抗衡的對手。

偏偏現在除了二郎真君，圍牆上的那幾抹人影令姬英的心情完全沉了下去。

迎上那道冰冷視線的同時，姬英感到肩膀一陣火辣，分了神沒能完全避開塗山的攻擊，肩膀被狐火的餘勢燒傷了一片，衣服被燒了一個大洞，被灼傷的皮膚曝露在陽光之下，那慘白的膚色配上被火灼的傷口，顏色對比得令人刺目，傷口帶來的痛也令她忍不住咬了咬牙才忍過去。

「凡間的事有重要到驚動閣下這樣的大人物嗎？」

這句明顯是針對在圍牆上冷眼旁觀的東嶽帝君說的。

在場不把昏倒的凡人算進去的話，就只有塗山和姬英沒有見過東嶽帝君本人，但不同的是，塗山認識替帝君撐傘的那位，也比姬英聽得多帝君的事，不用費腦筋他就能推測出這個一身冷到令人打顫的人到底是誰。

確認了來人身分，塗山暗自鬆了口氣。姬英也察覺到塗山的變化，心中的警戒更是深了幾分。

姬英的質問沒有得到東嶽帝君一絲一毫的反應，他只是飄飄從圍牆上落下，也沒理幫著撐傘的人有沒有跟上，就如入無人之境般越過別人的戰鬥範圍，身上既沒沾上半點被打鬥揚起的塵土，更沒有受到攻擊的波及，他走過的地方甚至像是被凍結一樣滲出幾分寒意。

帝君生氣了。

守在書房門前的二郎真君感到自己這次下凡真的是件苦差事，當保姆不說，和平日三、五十年也不見得會見上一面的東嶽帝君直接面對面打交道也太過頻密了吧？才分開沒有多久呀！什麼事令帝君生氣了？再多見幾次，真君相信不只芙蓉會得帝君恐懼症，連他都開始有症狀出來了！

「二郎真君，人呢？」

「在裡面。請問……閣下……」差點把帝君的身分說了出來前，一記眼刀先射過來，二郎真君自己識趣，不提名號無所謂，但現在和塗山糾纏的女妖應該就是把孫明尚變成鬼魔的罪魁禍首，帝君應該想要除之而後快才是，怎麼見了只是看一下就沒興趣似的？

好奇心會害死貓，同樣也會害死人，仙人也一樣沒有九條命。問題沒完整問完，二郎真君已經罵自己笨了，帝君是好相與的人嗎？而且不要忘記一開始帝君就說過……

「現在我地府的工作已經包括幫天宮收拾爛攤子了嗎？」

看吧！帝君不爽了！

之前孫明尚剛失蹤時找不到魂魄，帝君已經很生氣，才說地府不要插手天宮的麻煩中，但天宮卻遲遲沒有處理好，帝君已經怒火中燒了很久，甚至把十王都派了工作，自己也親自出動，就是要把孫明尚這陰魂抓回去。

真的要仔細分工，收妖的確和地府無關，這是天宮天將的工作之一，也就是說二郎真君本來就有不可推卸的責任，現在被帝君用疑似鄙夷的眼神看，他也沒什麼立場反駁。

如果是平日他下凡路過收妖除魔也無所謂，但這隻卻不是他現在能插手的呀！要是能動手他早就動了，哪需要玉皇小心翼翼跟他耳提面命的說不要過度插手，不然九天玄女會尋仇的。天知道九天玄女到底在這事件中布了什麼局、設了什麼陷阱，誰敢把她的布署打亂，就要把皮繃緊了。

但是誰敢跟帝君說真話？告訴他因為玉皇怕了九天玄女所以下了命令，讓他們不到最緊要的關頭誰也不准插手這件事？

很丟臉的！

「塗山。」帝君明顯不想搭理二郎真君，只是冷冷的朝塗山喚了一聲。

塗山心裡不解，但沒停下手上攻擊的動作，和姬英再還了一招後才翻身退後，一直爭持不下的局面這才停了下來。

帝君沒說話，但塗山看到他微微的搖了搖頭。

「由得她走？」塗山不可置信的看向帝君，現在可是大好時機一口氣把所有事情解決，只要把姬英抓起來，李崇禮的危機就可以解決，先前在宮中各種與咒術有關的事情也能查個水落石出。即使不把帝君這尊貴的存在視為戰力，在場有他、二郎真君、秦廣王和轉輪王，四對一要活捉絕無問題，為什麼要放過這大好機會？

冷洌無波的眼睛對上了塗山有點激動的視線，在帝君的凝視下，即便是千年修行的塗山也提不起氣勢，想要問的話在帝君毫無刻意提高的威壓下，只能留在心裡。明明對方什麼法術都沒有用，但塗山卻覺得自己身上壓了千斤萬斤的枷鎖，比綑仙術或是縛仙的寶貝更難掙脫。

「現在沒有指示說要捕捉她。」東嶽帝君冷冷的看向站在園子中抱著自己負傷手臂站著的姬英，他話裡說要放過她，但表情和語氣表現出來的卻不是同一回事。

帝君不怕九天玄女，相反，九天玄女也不想經常和他接觸。論在仙界的地位，九天玄女在崑崙雖然是首屈一指的首席女仙，但是比起東王公或是東嶽帝君還差了一截，也只有玉皇那樣的個性才會在小事上處處讓她，那只是給西王母一個面子而已。

「但……」

帝君不說話，只是冷著一張臉伸出手舉起一指豎在嘴前，薄唇緊抿，嘴角的弧角更往下了幾分，連哼一聲都不願了。

塗山心裡感到莫名的生氣，看帝君的眼神不自覺的加深了幾分敵意。

他們兩人之間的氣氛變化很快就感染了其他人，第一個反應過來的是姬英，難得找著了逃走的機會，她毫不留戀的轉身離開。

「塗山，別衝動。」在一旁幫帝君撐傘的秦廣王緊張的把紙傘塞到轉輪王的手中，也忘了自己最怕太陽曬就走出紙傘遮蓋的範圍，跑到氣憤的狐仙身邊拉住他的手臂，以防塗山一怒之下衝到帝君面前做了什麼失禮的事就慘了。

朋友一場，他實在不能看著朋友因一時衝動撞上心情本就非常不好的帝君，不會兩敗俱傷的，只有塗山會糟糕。

「放她走，萬一她再對李崇禮下手怎麼辦？你們地府擔保李崇禮的安全嗎？」

「塗山，冷靜！在帝君面前這樣太無禮了。」秦廣王再把塗山扯後幾步，只差不敢伸手去摀住塗山的嘴而已。

「秦廣王，你們想我怎樣冷靜？現在放了姬英，下一次就能抓住她嗎？」

「塗山，李崇禮不會有事的，別忘了芙蓉跟在他的身邊，不可能會有問題的！」二郎真君也加入勸說的行列，背後的寒氣越來越強了，再任由塗山說下去，帝君恐怕會直接把這裡變成寒冰地獄。

「我要如何相信你們？你們讓我眼睜睜的看著姬英逃走！」塗山生氣的掙開秦廣王的手，但除此之外他也沒有再動粗了，好歹大家都是朋友一場，在這件事上大家有什麼難為的地方不用明說彼此都知道，只是塗山心中的悶氣不說出來就會越發鬱悶。

「抓住了姬英，你就能知道她為什麼要這樣做了嗎？」秦廣王是鬆了口氣，至少塗山肯先冷靜下來，那就不怕他會惹到帝君了。但是秦廣王也知道，不能給塗山一個合理的解釋，他是不會善罷干休的。

「是不是你們一開始就知道姬英在背後策動這一切，所以季芑才會出現？」

「我發誓，我還有我們帝君絕不知情，我們只知道這事天宮已經插手，但我們地府在意的只是孫明尚的問題，還有最近鬼魔出沒的事。」作為塗山的好友，秦廣王甘願承受一下被太陽曬得臉色發白活像要中暑的痛苦，他一字一句說得誓神劈願，還在他的頂頭上司面前說，說謊或是借意蒙混過去的可能性比較低。

不信任的目光不約而同的轉到二郎真君身上，天宮代表的他無疑應該是知道最多內幕的人。連東嶽帝君也把視線轉到他身上了。

壓力絕對可以是無形的。二神真君放在塗山肩上的手有點尷尬的收了起來，被塗山懷疑的目光看著，被秦廣王當成罪魁禍首的狠瞪，二郎真君想仰天長嘯一聲他是冤枉的呀！

「如果我說我們天宮也是後知後覺，到星軌改變了才發現事情有點一發不可收拾，你們信嗎？」一反天將該有的威風，二郎真君擺出頗低的姿態滿臉無奈。他說的句句都是真話，要是玉皇事前知道事情會變得這麼麻煩又危險，他哪有可能同意讓芙蓉做這樣的工作！

他們天宮也是被擺了一道呀！但偏偏是被自己人擺這一道！

可惜天宮的無辜得不到體諒，除了東嶽帝君什麼反應都沒有之外，全部人都搖著頭，用行動表示了他們不相信天宮對這事一無所知。

天宮的確是一無所知，二郎真君沒有說謊，只可惜誰叫天宮是仙界行政中樞，出了什麼問題、是好是壞，都會被人覺得是天宮在背後安排的。

東王公或許對事情的詳情知道多一點，但東王公沒表態，他知道多少就是一個謎。從目前的情況看來，東王公的行動也很被動，玉皇纏著要他插手，他才派了潼兒下來，還有這次讓東嶽帝君帶東西給芙蓉，除此之外東王公什麼都沒做，也沒見過他細問詳情。

那次之後東王公也沒再到天宮，如果說處理事件的一直是九天玄女，但也沒聽說東王公有去過崑崙。

地府更是從一開始就和事情撇清關係來個河水不犯井水，即使如意算盤沒打得響，不過以東嶽帝君為首的地府勢力的確只對死人有興趣，雖然也不排除帝君從東王公口中知道了什麼，但這樣問題又回歸原點，沒有人知道東王公到底知道多少，他讓帝君帶東西給芙蓉是什麼用意也沒人知道，說不定帝君根本也沒有問原因。

既然天宮中問不出線索來，大家都知道要清楚來龍去脈必須去問九天玄女，敵方背後的是姬英，而已方守在幕後連同伴也不知會一聲就自顧自在運籌帷幄的就是九天玄女了。

這公開的祕密被二郎真君供了出來，那個仙界最出名的女強人九天玄女一直很忙碌，玉皇不是沒有試過把人召到天宮問話，但話傳到崑崙瑤池金殿後，送回來的卻是太真王夫人等高階女仙的道歉信。

連崑崙的女仙都不知道九天玄女布署了什麼！

※　※　※

相比寧王府中那堆沒頭緒的仙人，在李崇溫府中現在有一知情人士愁眉苦臉的做著守門工作。

李崇文出事的消息一傳出，塗山走後沒幾分鐘，他第一時間便被遣到這裡守著，簡單的一句「快過去」的命令也沒解釋原因，就像先前吩咐他守在皇宮長生殿前一樣。

命令下來就乖乖去做，不要多問是下令者的宗旨。之前在長生殿前他等來了塗山，現在他在李崇溫的王府中，又會等來何人？

季芑本身也並不太喜歡九天玄女的作風，她下指令，指令背後有何含意，除了她本人外沒有人知道。像他現在處於九天玄女的指示下工作，卻連九天玄女人在哪裡都不一定知道，他和她之間的聯繫大都只有靠一隻傳訊仙鳥。

季芑想起了塗山對李崇禮的執著，從過去到現在，塗山對自己決定的事也是會盡全力貫徹始終的去實行，這一點季芑心中是十分佩服的，這麼多年了塗山仍然做著當年的承諾，這份堅持和執著令他甘拜下風。

所以塗山一直生他的氣。

嘆了口氣，季芑不禁看向在屋裡的那對父子，一大一小都待在書房看書，看的書自然有程度上的分別，但是這畫面讓季芑想起，多年下來塗山是不是一直如同現在的自己這樣，以一個沒人看得見的旁觀者身分看著屋子裡的人出生、成長，然後又死去？

凡人跳不出生老病死這一圈循環，季芑他就是受不了，不忍心一直看下去所以避開了，為什麼塗山能受得住？

看著故人的孩子一代一代的生和死，會好受嗎？

不可能的。那也是自己故人的孩子，但他卻做不到一直一直無聲的守在身邊看望。

他飛昇列入仙籍前，塗山沒有對他的逃避發表過任何意見，但是從他的仙籍被確立的那一刻起，塗山對他的態度完全不同了，過往親切喚他名字的聲音變得客氣生疏，塗山明明見了比他仙階更高的仙人也是一如往常的從容應對，只有對他，塗山才會刻意的在兩人之間劃出一道牆。

偏偏現在自己參與著的事情又和塗山扯上了關係，就好像把他以前逃避的事重新放到他面前一次。

再次嘆了口氣，季芑隔著紗帽看了看天色，已經過了中午最熱的時候，離剛才一下子暴增不少又突然消失的妖氣出現，差不多過了大半時辰。

在京城的另一邊一定還發生了什麼九天玄女沒告訴他的事吧？有點不安，他擔心去李崇文那邊看情況的塗山會有危險。

傳訊仙鳥還沒有給他最新的指示，即使心裡想去看看塗山那邊的情況也走不開。

芙蓉那位女仙也在，即使可能會有危急的情況，相信李崇禮也不會有危險。相反，現在其他皇子的安危才是最大的考驗。

李崇文出事，然後寧王府出現過一道強烈的妖氣，接下來很容易就能猜到出問題的應該是李崇溫這裡。不然，他就不會被使喚到這裡來守株待兔了。

站在院子一角，白紗突然被一陣罡氣吹起，池塘旁上長得豐盛的楊柳枝也跟著搖擺了一下，但接下來什麼動靜也沒有了。

風停下，夏日的悶熱重新襲來，季芑仍在原地，只是視線從屋裡的父子轉到柳樹的旁邊。

這裡在魚池旁種上楊柳樹是助他一臂之力了。茂盛的柳枝叢下，一個黑影被枝條捲得死緊不停的掙扎著。

「姬英不親自來，所以派了這樣的小妖來嗎？連她最愛用的鬼魔都收起來了？」

季芑說話的聲音仍是輕輕的很柔和，只是在他的操縱下，柳條收緊的力度卻不像他聲音那麼溫柔。他在白紗下的表情令人看不清，被柳枝束縛著的妖邪也沒有那個餘力去研究敵人是笑還是哭。

被捕獲的妖邪只能發出嘶啞的聲音，被枝條纏了一會便沒了氣息，漸漸的化成灰消逝了。

灰燼飛散，柳枝也回復成原本那樣靜靜的垂在水面，葉尖在水面點出一圈圈的漣漪，從水池的邊緣漸漸的對外擴散，一波又一波。季芑摸了摸楊柳的樹幹，像是給予對它的讚賞，然後走到水池邊，從倒影中看到了一個意料之中的客人。

「我也不是好對付的，動手之前妳要想清楚，幻術對我也是沒用的，姬英。」

季芑垂眼看著水中的倒影，倒影中多出的那個人，其所在位置的空氣震盪了幾下。剛才在寧王府逃出來的姬英一臉憤恨的看著打壞她計畫的季芑，但這次她不敢再貿然出手，這裡距離寧王府不遠，再一次把二郎真君等人惹出來，她恐怕沒有再全身而退的機會。

「連你也在？為什麼你會在這裡！」

即使隔著一層紗，姬英還是一眼就認出白紗下的人是誰，就像塗山在她表露出真正的氣息時就認出她一樣，她也一樣可以輕易的認出眼前這個過去的友人。

比起塗山是在凡間逍遙自在的狐仙，季芑名副其實的仙人身分令姬英更忌憚幾分；比起二郎真君或是那位她認不出來是誰的大人物，姬英覺得季芑更棘手。

一個十分清楚她而且歸屬仙界的舊友，他會把她的情報說出去多少？想到自己的情報一旦洩漏，接下來她的計畫就必須要更改。雖然塗山也一樣清楚她的底細，但她不認為塗山會主動把她的事說出去，過去發生的那件事絕不會是塗山願意一提再提的，所以問題是季芑，必須……

「這應該是我問的問題，為什麼會是姬英妳呢？」

「不用你管！你這個投靠仙界的傢伙！」

「妳是在想著要如何封了我的嘴，不讓我向任何人提起妳的任何事吧？」

「你……」姬英衝口而出想反駁，但心思一轉她又有別的打算了。「季芑你打算現在把我抓住嗎？」

「我沒有接到這樣的命令，相信也是因為這樣，妳才能從塗山那邊來到這裡吧？」

「呵！你保護的這位和你又有什麼因緣了？」

「和姬英妳沒有關係，我現在不抓妳，所以妳離開吧！再也不要踏入這王府一步。」

季芑蹲下身，在白袖子下的手指輕輕的點在水池上，隨著漣漪一圈圈的擴散，他唸了一道很短的咒語，漣漪化成一道道的銀色流光，從原本規律的擴散扭曲成一道道的符令。看到這變化，姬英臉色大變，眼神怨毒了幾分瞪向季芑。

「讓我離開的手筆真大，用這法術是警告我向前一步就直接魂飛魄散嗎？」

「妳可以試試的。如果妳想的話。」季芑淡淡的說完，他又摸出幾道符擲上半空，在原本已經架起的隔絕法術下再加固。

這次姬英沒有再耍嘴皮子，嘖了一聲飛快的逃了。

看著那飛身離開的舊友身影，季芑伸手把水面的法術壓回去，沒有撤掉，只是把它藏在水池中，原本這法術就是別人交代他埋在這裡的。擁有帝王之相的孩子所在的地方不能沒有半點防範，只是看出了那小世子擁有帝王之相的這件事，到底有多少人知道？

看著最後一點銀光也融合在水池之中，季芑再嘆了一口今天不知道已經是第幾次的嘆息。

「再不收手，下次妳的對手就不只是九天玄女這麼簡單了，姬英。」

九 比妖怪還可怕的帝君！

寧王府的正苑遍地狼籍，花園的地面被翻起了一道道長坑，樹被打斷塌下、涼亭崩了一角，書房大半也是被打成廢墟一樣。在結界一開始被打破時，塗山已經及時下了道隔絕法術，但那最多只是讓外面的人進不來也察覺不到裡面的騷動而已。

仙界法術是很神奇，但還沒神奇到可以令被打壞的東西全部自行回復原狀。

正苑目前的慘狀是絕對不能讓任何人看到的，哪怕是一丁點也會生大事，既解釋不了到底是什麼造成這樣的破壞，也解釋不了造成這樣的人是誰。

戰鬥在不太愉快、也沒半點得勝的氣氛下完結，生了好些氣的塗山好不容易平復了心情，但也沒有意願和興致理會那幾位從仙界及地府大駕光臨的人物。

塗山的臉色臭得連芙蓉和潼兒也不敢上前招惹，兩人乖乖的閉上嘴、乖乖的幫著把昏倒的李崇禮和歐陽子穆分別搬回寢樓，然後看著塗山一言不發的坐在李崇禮的床邊，良久房間中一點聲音都沒有，就連塗山拿著絹巾小心的弄濕擰乾輕輕的擦去李崇禮臉上沾到的灰塵也沒有多少水聲。

氣氛很凝重，芙蓉不知道說什麼才能緩和一下氣氛，至少她知道跟塗山說「李崇禮沒事的呀！」這句話是沒用，她說完後，下場一定是一記狠瞪。現在氣氛這麼差，她才不會蠢到做這種自殺行為。

手摸了摸現在藏在衣服下的那塊東陽藍石佩飾，芙蓉想著如果把這東西借給李崇禮不知道有沒有用。她有這個想法但卻不敢去試，東嶽帝君還在外面，讓他知道自己把東王公給的東西就這樣轉借出去她會死得很慘，而且東陽藍石蘊藏的靈氣量很大，之前只是在農圃埋個最簡單的聚靈陣也讓李崇禮朝靈媒之路進發，換了東陽藍石這等珍貴仙石恐怕連過程都省了，直接升級做通靈王爺！現在這節骨眼上，她真的不敢拿來亂試。

「芙蓉，妳留守王府，我要出去一下。」似乎看夠了李崇禮，沉默許久的塗山向二人扔下這句就走了。

除了這句話，塗山什麼也不再說，芙蓉追上去想想問清楚詳情也不得其門而入。已經習慣和塗山抬槓鬥嘴的芙蓉也被塗山陰鬱的表情嚇了一跳，已經伸出去想拉他的手最後只敢停在半空，塗山再說了一次讓她先顧好李崇禮就轉身離開了，說是出去一下就回來。

但這一下是去多久也不知道，去哪也沒有頭緒，叫不住留不下，芙蓉和潼兒眼巴巴的什麼都做不到，看著塗山就這樣走掉了。

走了一人，留在王府中的大人物們每一個仍是不動如山的坐著，不是互相說著一些聽不明白的高深啞謎就是沉默，半點打道回府的跡象也沒有。

芙蓉小心翼翼的從間隔的屏風看出去，視線範圍一發現在主位上的東嶽帝君，她就生出退意，本身已經很怕帝君的她之前是沒得選只能硬著頭皮應對，現在沒有緊急情況，她的勇氣早已隨風而逝，要她走出這道屏風向帝君發問怕是奢望了。

她不敢，但可以推別人去。轉身看向十分忙碌的潼兒，心裡想著東王公把他派下來真是太好了。身邊有一個仙童既可以照顧起居雜事，文書工作又可以扔給他，粗活亦可，現在危機出現後更是個派去和帝君打交道的好人選。

「芙蓉，女兒家是不是應該矜持一點，這個時候應該迴避吧？」打算給床上傷病者換身衣服的潼兒一臉古怪的看向芙蓉。

男女授受不親呀！

貼身照料李崇禮和歐陽子穆的工作自然是落在潼兒頭上，同是男生替兩名傷病者換掉身上的衣服自然是不會尷尬，但如果房內多了個女生就不一樣了。

「我什麼都不會看的，但我不出去。」

「外面又沒有吃人的妖怪……」潼兒嘀咕了一半，想起外面的確沒有會吃人的妖怪，不過地府的巨頭卻坐在外面，比妖怪可怕。

「我不要出去！」芙蓉打死也不就範，寧願跑到牆角面壁也不走。外面的要是換了秦廣王或是轉輪王她或許敢出去，但坐鎮的是東嶽帝君就不同了，能避則避，避不了她再想辦法，總之出去是不可能的。

替李崇禮他們換了身衣服，也處理過一些細碎的小傷口，手頭工作告一段落後潼兒認命了。現在塗山不在，不能讓王府其他下人進來這滿目瘡痍的正苑，唯有他去請求外面那幾位幫忙外沒有其他辦法了，反正泡茶這種差事也算是他的分內事，泡完茶試試看開口求的話，那幾位大人應該也願意幫的。

只是現在一身的打扮令潼兒比較鬱悶，尷尬的撫平自己身上的裙子，潼兒一邊告訴自己不要在意任何視線的從內室走出，目不斜視的向坐著的幾人行禮致意後，潼兒就趕著去準備茶水了。

幸好他的法力也做得到直接把水燒熱泡茶，不然現在才生火燒水就要等太久了。正苑中沒有廚房，但因為芙蓉的關係倒是闢了一個煮食用的小灶在後方，先前主要是用來熬煮芙蓉種出來的那些山草藥，所以潼兒不用走出正苑也能找齊工具燒水泡茶。

用最快的速度泡好茶，茶具也選了目前可以拿到完整的、最得體的來用，潼兒深呼吸了幾口氣後，小心翼翼又恭謹的端著茶盤回來。

「咦?帝君大人……呢?」

回到寢樓，剛才坐著的幾個人產生了變化，為首的東嶽帝君不知所蹤，現在只剩下二郎真君和轉輪王二人還正經八百坐著，但坐姿明顯沒剛才拘謹，而秦廣王更因中暑的關係很沒形象的臉朝下趴在茶桌上，完全沒有反應，也不知道是不是已經休克了。

潼兒規規矩矩的把茶碗奉上，轉輪王和二郎真君也客氣的接下，好一會他們才終於發現潼兒仍是不知所措的看著他們。

「喔！」轉輪王比二郎真君早醒悟過來，心想茶盤上還有一杯茶，那肯定是給帝君的，所以潼兒剛才才會問帝君在哪裡。說不定這小仙童認為自己沒好好的奉茶給帝君是天大的失職，讓東王公手底下當差的小仙童一直坐立不安下去不太好呢！

而且轉輪王對潼兒滿有好感，他也不介意當一回明燈指指路。

「帝君進去了。」

「呃……進去了?帝君真的進去了?」潼兒嚇了一跳，連忙看向通往內堂的那扇屏風，沒有動靜，什麼聲音都沒有，不會是因為帝君下了法術所以一切看起來這麼平靜吧！

「是呀！我親眼看著帝君進去的，茶送進去沒問題的。」雖然天氣熱，但轉輪王似乎很滿意杯中的熱茶，一大口的喝也不怕把舌頭燙熟了。

潼兒背上躥過一陣惡寒，最壞的情況出現了，東嶽帝君和芙蓉單對單對上了！搞不好芙蓉會拿燭臺扔帝君，再一次把帝君得罪個透澈。

「轉……轉輪王大人，沒有傳出尖叫聲嗎？」

「沒有。沒聽到帝君尖叫，有機會的話我還真想聽一聽。」有點遲鈍的終於瞭解潼兒這樣問的原因，轉輪王忍著笑意一臉正經，好整以暇的欣賞著潼兒焦急的表情。

東華臺仙童男扮女裝的焦急扮相呀！不多看幾眼回去怎麼夠八卦呢！

「不是啦！是芙蓉呀！」

「沒有。大概已經嚇昏了吧。」

「帝君沒說不准進去，你把茶送進去吧！」二郎真君看不過去，開口解圍，轉輪王也只好給點面子閉上嘴不再玩下去。

潼兒做好心理準備帝君會把對芙蓉的怒氣遷到自己身上，過去帝君和芙蓉之間到底是因為什麼事使其關係變得像老鼠見貓一樣，潼兒想來想去都猜不出來。那次芙蓉炸了東華臺，雖然帝君表現得很生氣，但應該不是最主要的原因吧？要是因為那件事讓芙蓉不敢再炸東華臺……可那之後她還

是照樣三不五時的在東華臺引發炸爐呀！

可惜問不出來芙蓉她到底怕帝君什麼，害他聽多了也對帝君產生莫名的恐懼。

繞過間隔用的屏風後，潼兒看到一個奇景，芙蓉先前還一臉大難臨頭，為了避帝君連男女授受不親都直接無視掉，現在只過了泡杯茶這麼短的時間，她竟然可以面不改色的和帝君坐在一起，一個人在床頭，一個在床尾，相隔的距離不到兩米，而且還面對面？

潼兒下意識的看向窗戶，懷疑今天可能不會日落，太陽直接再從西邊多冒一顆出來！真是這樣，后羿大人一定會得頭痛症。

「帝君你剛才不也說了，李崇禮和東王公真的很像，憑這一點可算是有緣人了吧！這樣你就幫幫忙嘛！」

還沒來得及出聲問安，潼兒的嘴巴又被嚇得固定了。經過中午時分的精神緊繃，好不容易危險解除放鬆一點，現在又拉緊到快要斷掉的程度。

芙蓉那是什麼語氣？那是和帝君說話的語氣嗎？那真的是芙蓉，沒有被什麼怪東西附身嗎？

「生死各有天命，他的劫難已經有妳介入，別妄想把本君扯進去。」

坐在床頭旁邊的帝君仍是那副冷若冰霜的臉，臉部線條也沒有因為看到與東王公如此相像的李崇禮而放軟一丁點。甚至從那沒有變動的表情中，完全看不出來他到底有什麼想法。

他的拒絕讓芙蓉一下子接不上話，帝君的話她也沒法反駁，命數有定，硬是更改是違背天理，觸犯天條。命中註定死期到就是大限到了沒辦法。再說，帝君並沒有說錯，仙界已經把她派了下來助李崇禮渡劫，也可以說是優待了。

想來想去，芙蓉也想不出一個合理的理由說服東嶽帝君出手。雖然李崇禮的情況也沒有差得必須讓帝君拯救，她也可以想法子慢慢調養他被妖氣侵害的身體，只是有現成的高手在，能讓他出手自然是最理想、最沒後遺症的方法呀！

帝君沒有理眼睛不停轉著想辦法的芙蓉，她可以說什麼理由他都猜得到。他來這裡看過了長得如此像東王公的年輕人就夠了，他到凡間來要辦的事也差不多完成，隨時都可以回地府。

如果天宮那邊不再出什麼岔子讓他們收拾爛攤子的話，今次可說大功告成，七月中元節還沒過完，地府也還得忙下去。

「但他長得像東王公呀！」想了好久只能說出這樣的爛藉口，說出口時芙蓉自己都臉紅了。

「但他不是東王公。」帝君說這話的時候看芙蓉的眼神多了一點審視，像是要從芙蓉現在的表情甚至是一舉一動中看出他要知道的事。

芙蓉被他看得如坐針氈，想知道為什麼這樣看她又不敢問，只能自己猜。

帝君眼角看到了愣在旁邊的潼兒，在黑袖子下的手動了動，示意潼兒把茶水端上來。

把茶碗送到帝君的手上時，鐵色的眼睛盯著潼兒沒有移開，狀甚疑惑的打量了一眼。

「潼兒見過帝君。」

「本君好像見過你，剛才就覺得很眼熟。」帝君眉心攢得又深了些。

「潼兒是在東華臺當差的。」如實的回答後，潼兒準備迎接帝君驚訝的視線或是發言，畢竟男扮女裝了這一段時間，每個知道他本身是男生的人都會驚訝得一臉不敢置信。

「嗯。」隨便的應了聲，又多看了潼兒一眼後，帝君就不說話了。

「帝君！那就是說如果是東王公，帝君你就不會管天命什麼了吧！」

「妳把話題岔開了。說再多我也不會插手的，除非妳讓東王公跟我說。」帝君挑了挑眉，嘴角一抿，嚇得芙蓉差點尖叫。

「呃……」

「東王公要我交給妳的東西要戴好，別想離身，要是被本君知道妳弄丟了或是給了別人，本君

立即派人把妳抓到地府住上三五八年。」提起東王公交代下來的事情，帝君身上的寒氣就飆出來了。

「不要——」一聽懲罰是地府之旅芙蓉就尖叫了，但叫聲只維持了一下子便驀然停止，只見芙蓉仍是張著嘴做著慘叫的動作，但卻沒有聲音發出來。

同時潼兒也注意到了，芙蓉在掙扎似的。

為什麼會像掙扎似的？

「崑崙沒教妳作為女仙說話該有的態度嗎？沒個端莊的樣子，說話舉止毛毛躁躁，走出來是要丟人現眼嗎？」

以此為開場白，帝君開始義正詞嚴的說教，從一個女仙應有的舉止態度到做任何一件事要仔細留意的規矩細節……如果只看字面，帝君用詞雖然冗長也略微深奧艱澀，但卻是語重心長，可惜的是他的語氣令人感覺不到半點暖意，可說是最差的教導方式了。

被說教的人能聽得下去嗎？

帝君沒說讓他退下，潼兒進退兩難的站在一邊，帝君一直說，芙蓉就一直把求救的目光拋向潼兒。那可憐的目光瞅著潼兒瞅得像要眼抽筋，可惜潼兒有心無力，芙蓉求救得這麼明顯，帝君立即就注意到了。

說教的聲音停下，東嶽帝君伸手彈了一下指，芙蓉的頭就像被一雙無形的手扳正。

「沒規矩。」冷冷的責備了一句後，帝君又開始他的說教，不過這次他記得把潼兒先遣出去。

怪不得芙蓉會乖乖的坐在床尾，原來是帝君動了法術讓她坐在那裡連動都動不了的！一定是知道芙蓉會逃走，所以帝君先下手為強了！

果然帝君是不能得罪的呀！恐怕短時間內帝君的說教都不會停止了。

潼兒有點精神恍惚的回到前廳，這次倒是發現二郎真君不見了。

「真君說得回去向玉皇覆命先走了。怎樣？連昏都不能對吧？哈哈！」

面對轉輪王帶著幾分幸災樂禍的笑聲，潼兒只能苦笑以作回應。

※　※　※

帝君的說教最後還是持續了一個時辰才消停，不是帝君自己想停，而是寧王府登門的客人已經多到了不能再無視的地步，別的人或許還可以糊弄過去，但來的人是孫將軍，就沒有下人敢跟對方說王爺閉門謝客。

被隔在正苑大門外頭的管事和侍衛們等了這麼長的時間也覺得不對勁了，王爺的正苑平日雖然不讓太多下人進去打擾，但從沒有過一整個下午都無人進出，丫頭們沒有露過面，歐陽子穆進去後也沒有出來，現在連孫將軍也是一臉凝重的上門，管事們覺得實在不妙，連忙帶著人想去查看，卻遇上緊閉著的正苑大門。

重重的拍打聲加上焦急的呼喊，那已經不是叩門而是想拆門了！

外面的動靜越來越大，潼兒手足無措不知該拿什麼主意才好，要好好圓謊的話也得要芙蓉一起來口供的呀！但偏偏她被帝君抓住，他要冒死去打斷帝君的說教嗎？他只好開口求轉輪王了。

「要說個什麼善意的謊言才好？」喝茶喝得十分愉快的轉輪王敲了敲秦廣王趴著的桌面，近距離受到噪音滋擾、趴了許久的秦廣王總算睜開眼睛了。

「要說我們是從天上來的俠義之士，幫忙打跑了行刺的歹徒？」趴在桌上的秦廣王沒精打采的爬起身，從寢殿的門看出去那片狼籍的地面仍在，甩了甩手扔了個法術出去，還原了一些太過不正常的痕跡，不過那被打壞了的書房仍是維持原樣。

「主人家還昏著，我們自己說是俠義之士有人信嗎？反正那些凡人看不見我們，不用慌。」

轉輪王事不關己、己不勞心的態度，聽得潼兒都急了，要是外頭的總管還有下人們撞門衝了進來，自己應該怎樣解釋？

「別那麼沒良心，塗山不在，你這個當朋友的也得幫點忙吧！」

「好吧！」轉輪王很爽快的幫忙，在外面添加了幾具疑似刺客的「屍體」。

潼兒滿頭黑線的看著那幾具身材不一，看上去也沒半點會像殺手的「屍體」，要作戲也得做足全套吧！現在這是虎頭蛇尾？潼兒的視線看著最離譜的一個，那「屍體」胖得足足比兩個半的他還寬，這樣的胖子可以做刺客，無聲無息的翻牆爬屋頂行刺嗎？

「這樣行了吧！就說你很奮勇的把這些歹人殺了。」

「為什麼只說『你』？轉輪王你別置身事外。」

「……麻煩。」轉輪王小事的嘀咕了一聲，他以為秦廣王聽不到。

潼兒也認為秦廣王真的是聽不到的，因為聽到的話一定會反駁吧！不過秦廣王卻在沉默著，沉默的有點不自然。

「本君的結界法術會撤下，你們愛怎樣解釋都可以。」東嶽帝君無聲出現在潼兒身後，他看了一眼正苑目前的狀況沒有表示，只是讓被定身法術束縛和被精神攻擊了差不多一個時辰的芙蓉，並排的和潼兒站在一起。

「他也該醒來了，接下來就是你們的事。」帝君說完，瞪了轉輪王和秦廣王一眼後，立即憑空消失，完全是留下一個大大的爛攤子給他們兩個小輩去善後。

「所以我就說地府沒一個好人……」芙蓉憤怒的朝東嶽帝君等人消失的方向咆哮。要是帝君現在回頭，就可以看到芙蓉又把他剛才耳提面命的事給忘了。

「芙蓉，我們還是先想好辦法，大門好像被撞破了。」潼兒不是不明白芙蓉的心情，但是他們兩個是真的要大難臨頭了，外面躺了一具具「屍體」，王府主人和得力隨從昏倒了，而他們兩個小丫頭竟然毫髮未傷，這情況說出去根本就解釋不了吧？

「先進去，帝君說李崇禮快醒了就沒錯的。」雖然懼怕帝君，但是芙蓉知道東嶽帝君是個辦事可靠的人，他不會空口說白話，現在他們兩個也只有把解圍的希望寄託在李崇禮身上了。

在正苑外的人衝進來之前，芙蓉和潼兒飛快的跑進內堂，順手還挪了一下屏風和椅子之類的物件，裝得像他們是為了避人追殺才躲在裡面的。

李崇禮睜開眼睛後看到的就是眼前這奇異的情景，兩個丫頭又用勞力又用法術的把寢室內堂裡的東西不停往通道處搬，有些東西根本就不是兩人的氣力能搬動的，就像那座屏風當初就是幾個大漢抬進來的。

他也聽到了外面的動靜，理一理身上的衣服，李崇禮很快就整理出自己等會要說的說辭了。

「潼兒，扶一扶我。」

這句說完沒有多久，寢殿外已經傳出了驚叫，那些「屍體」成功的被發現了，殘破不堪的書房慘狀也曝露在人前，芙蓉和潼兒兩人對視一眼，然後同時擺出一臉悲壯的表情，伸出手又是掐又是出拳的在對方的臉上做出瘀青來。李崇禮看得傻眼，連開口阻止也都忘記了。

「接下來就拜託你了。我不擅長說謊。」芙蓉撫著被潼兒掐得生痛的臉頰，她也不客氣的回了一拳，替潼兒添了一隻熊貓眼。

言下之意是我很擅長嗎?李崇禮心中失笑，也真的很想笑出來，但身體的不適有點超出他的預期，現在靠著潼兒坐著也感到暈眩，恐怕自己一個人的話連坐起來都成問題。

很快，一大堆侍衛已經衝進李崇禮的寢樓了。

「王爺！」

花了一點時間排除芙蓉和潼兒弄出來的臨時路障，先行的侍衛一看到李崇禮雖然面色不好，但總算是平安無事後都鬆了口氣，不過整個正苑的情況還是讓他們陷入極度緊張的戒備狀態。

在王府中擔任侍衛是份優差，受過嚴格訓練的他們面對現在這不明就裡的情況也感到無從入手。刺客來了幾人，逃了幾人，殺了院子那些人的又是誰？總不會是他們這位連揮刀子都沒有足夠氣力的主子吧？即使是跟在他身邊的兩個小丫頭也不可能，她們年紀這麼小就已經這麼厲害的話，他們還能混得下去嗎？

侍衛的領班指揮著手下把王府裡裡外外全搜一遍，雖說正苑平日不讓閒人進去，但外面一地的黑衣人數量也不是少數，他們是怎樣在光天化日之下避開王府上下這麼多雙眼睛來到正苑的，侍衛頭領為了面子也不得不徹查。

「別張揚。」

「王爺，孫將軍在大廳等著，二王爺也曾派人過來，王府出事的消息恐怕已經……」

「恐怕已經傳進宮裡去吧？」

「卑職惶恐。」

「不關你的事。」

李崇禮沒有責怪，只是讓頭領退下去辦他的事。騙過自己府裡的人不難，但孫將軍那邊就有點

麻煩了。那可是身在沙場的老將，讓他看到外面的情況，恐怕能看出很多不尋常的地方來。

而且事情已經驚動宮中。一天之內除了汝王李崇文出事，連他府中都鬧出這樣的事，恐怕朝廷又要不安穩了。

寧王府被行刺的事件主角是李崇禮，自然現在所有人圍繞著噓寒問暖的目標也是他，即使李崇禮說了不要張揚，但是王府的總管還是去請了御醫。

正苑寢殿在一片人潮退去後只剩下幾人，侍衛們不敢再只守在門外，現在就有兩個守在屏風外面。在這兩個彪形大漢的注視下，芙蓉想摸出她那些瓶瓶罐罐也不能，而現在這節骨眼她也沒藉口走開。

叫再多的御醫來都沒用呀！芙蓉在心裡嘀咕著。李崇禮現在的情況又不是吃那些補藥就能治好的。她真想現在就找個地方把那株人參給切了呀！

而平靜下來沒一刻鐘，站在寢樓外面的孫將軍待不下去了，直接衝進李崇禮的房間，侍衛連攔都攔不住，只能眼睜睜的看著他走到李崇禮的床邊。

看到床上的青年一臉的蒼白，孫將軍心裡不禁掠過一陣難得的憂心，好歹這年輕人也曾是自己的女婿，之前看到還好端端的，現在虛弱成這樣誰能無動於衷？

三皇子是在他眼前出事的，剛才手下回報確定找不到那個自稱是他女兒的少女後，他就越感奇怪，腦袋也越來越清晰，先前想不透或是迴避去想的問題好像都迎刃而解似的，所以他也顧不得李崇文事件的後續處理，先趕著來李崇禮這裡。

現在可說是能確定假扮他女兒的人不是李崇禮派來的，可她現在下落不明，而憑她邪門的手段很有可能接著去害其他人，或是另有更惡劣的計畫，但現在他能確定生事的人不是李崇禮就行了。

「誰幹的？」孫將軍心裡極度不爽。比起自己可能背上謀害三皇子的罪責，他更在意天子威儀受損，天子腳子皇子們一個接一個出事，簡直就像是軍中大營被敵方潛入惡作劇還燒了軍旗一樣。

「不清楚。」李崇禮只能這樣回答，想到那可以和塗山打成平手的女人，李崇禮心頭也著實不安，他沒有印象自己何時惹到這樣的存在，也想不到自己的兄弟中誰有能耐指使得了那樣的人來對付他們。

「你難道心裡沒底嗎？」

搖了搖頭，李崇禮的否定讓孫將軍生出恨鐵不成鋼的感覺，竟然連自己被誰害了都不知道！

「將軍……岳丈，既然來了……」

「不急。我要先進宮了，汝王的事我得面聖解釋，你自己也做一下打算。別人已經殺到自己王

府了還不知道下手的是誰，換了是在戰場上，你已經不知道得死上幾次。好自為之！」

擱下有點像反派人物的話，李崇禮只能以苦笑目送他這位丈人離去。如孫將軍說的，事情在宮中應該已經鬧得很厲害了。

或許他也得進宮一趟……或是他需要和李崇溫見一面。

「想也別想，你這樣的身體別說那些老御醫不會點頭，我也不會讓你踏出去一步的。塗山現在不在，想讓他跟著你也沒辦法。」輕咳一聲，芙蓉打碎了李崇禮還沒成形的念頭，大眼睛朝潼兒打了個眼色，潼兒立即很合作的雙手抓住李崇禮，這情況不久前發生過一次。

「王爺乖，不是我賣花讚花香呀！但我養出來的那株人參真的是上品，用來補氣養身聚靈氣是一流的，所以不喜歡也得給我張開口。」

李崇禮沉默著不說話，腦海中回想起那株不想被切而奮力掙扎的可憐人參，好像是自己害得它不得不被切了似的，於心不忍呀！

似乎是打定主意不開口，李崇禮孩子氣的別開臉。

可惜芙蓉目前心裡仍有著對東嶽帝君滿滿的鬱悶，一想到帝君說的女仙該有的舉止她就有氣，她是不夠恬靜溫文又怎樣！她就是要做女流氓呀！

伸手扳過李崇禮的臉，慘變出氣筒的王爺脖子險些扭傷。臉被扳過來只是前菜，芙蓉不忘下毒手想要掐人家的臉頰迫人張嘴，幸好潼兒阻止得快，不然守在外面的那兩個彪形大漢會先進來剁了芙蓉的手。

退而求其次，新拔下來的人參鬚被潼兒拿去焗茶了。

很快宮裡來了一隊禁軍，傳旨的人說是皇上的旨意，李崇文和李崇禮兩位皇子接連出事讓龍顏大怒，現在朝廷亂哄哄的，大部分的大臣都被召回宮中了。

李崇禮看著先前歐陽子穆從李崇溫那邊拿回來的信件，這東西收在子穆被潼兒換下來的衣服中，現在得空了，潼兒收拾東西時才記得翻找出來。

那是特地讓子穆去探問李崇溫有關三皇子和四皇子同時拜訪孫將軍的事，可惜現在李崇文已經出事，子穆拿來的回覆恐怕已經追不上現實的變化了。

「別一臉的沉重，李崇溫和你是同一陣線的吧！朝廷那邊的麻煩事給他去管就好了。」

「下手的人……」

「一定不是李崇溫，雖然我沒實質的證據，不過我敢說不是他。」

芙蓉不能說出口的是她知道小世子是天生帝王命，若是需要靠殘害血親才能登位，那面相絕對會是另一回事。說起來，為什麼今天沒有人去狙擊李崇溫呢？

「不是二皇兄……那到底是誰？」李崇禮躺在床上閉上眼睛，剩下的兄弟中還有誰是最大嫌疑者？

※　※　※

「是四弟吧……」李崇溫自然不可能因為感應到在寧王府中李崇禮的問題才這樣回答的，用排除法篩選過後，在朝廷的眼中，他和四皇子算是最可疑的嫌疑犯了。

還在皇宮中，李崇溫目前在兩儀殿前等候，從他手下的探子探回來的消息，他的三弟目前情況非常不樂觀，雖然他沒看對方順眼過，但是對手突然變成這個樣子也令他的計畫蒙上一道陰影。

想不到竟然有人這麼明目張膽的對皇子們下手！

在成年的皇子中，能動員母妃家族勢力的皇子沒幾人了，把自己、已經廢了的李崇文、沒有足夠後臺的李崇禮都排除在外，最有嫌疑的人就只剩下四弟了。

只是沒想到，連李崇文都栽了，李崇禮卻沒有性命之憂。

殿前聚集在一起的大臣們交頭接耳討論著事情的發展，太子去逝後到現在，皇子們接連出事不是什麼好現象，爭位的鬥爭越來越激烈，鬥到最後恐怕會演變成朝廷中的派系鬥爭白熱化，幸而現在皇子們留在京中不能到封地，不然恐怕在地方起兵的事情都有可能發生了。

淡定的任由疑惑的視線投到身上，李崇溫知道現在自己說什麼都沒有人會相信，沒有受襲的自己在真凶被捕獲前，也得被人猜疑了。

只要父皇沒有這心思就好，能不能成事除了看他的本事，最重要還是看作為皇帝的父皇有什麼想法，他們這些兒子做得再好也得他首肯才能登上那個位置。

皇帝在兩儀殿內召見他的近臣，在外面等著謹見也不知道要等上多久，以李崇溫現在收到的情報，皇上已經派了禁軍到寧王府看守，相信寧王府那邊的詳細情況很快就會傳回，而孫將軍現在人就在兩儀殿內。

等待期間，小太監們侍候茶水沒有半點怠慢，他坐著等，也沒見到四皇子有來，連他那派系的人也沒幾人守候在這。李崇溫不禁在心裡暗笑了一下，他四弟和三弟一同送了拜帖給孫將軍，拜訪的日期都是同一天，然後李崇文出事，說不定他的嫌疑比自己還勝幾分，他那一派的支持者應該很頭痛了。

「見過王爺，奴才向王爺請安，王爺吉祥。」一名服飾不屬於兩儀殿的太監來到李崇文的面前恭敬的行了個禮。

「何事？看你的腰牌不像是在前朝出入的吧？」瞄了眼對方身上辨認身分的玉牌，來者為何李崇溫大致已經想到了。

他的母妃已逝，也不常在後宮走動，最多就是讓王妃以宗室女眷的身分進宮去向皇后、太后等人請安，現在有位不熟悉的後宮領班太監接近自己，當然不是尋常的事了。

「王爺英明。淑妃娘娘有請，說王爺得空的話請到娘娘宮裡一聚。」

「娘娘回宮了嗎？」李崇溫感到意外，時候還早，宮禁的時間還沒到，他以為張淑妃會待在李崇文府中到最後一刻的，誰知道已經回宮來了？

「回王爺的話，娘娘已經回來了，得知王爺進宮了特意派奴才來問安邀請的。」

「真難得。請轉告娘娘，兩儀殿這邊的事差不多了後，本王會去請安的。」

「領命。奴才先告退了。」

看著太監離去的身影，李崇溫今天難得勾起一個滿意的笑容。看來張淑妃沒把他看成是害他兒子的凶手，似乎他又找到一個有著共同敵人的盟友了。

十　討厭討厭臉紅了啦…

看似接近黑色的濃稠藥汁生出一個個泡泡沸騰著，房間飄盪著一股帶了點苦澀味但又讓人覺得清新的藥香，切得細碎的材料被緩緩加進藥汁之中，沸騰的溫度一下子下降了不少，新加進去的材料很快就被黑色藥汁吞噬。

守在藥鍋旁的人小心翼翼的用一只玉杓子攪動著藥汁，然後又抽空在藥鍋旁邊的一個大碗公裡撥弄著什麼東西。

似乎擺弄夠兩樣東西都後，一株清洗好的人參被放了在砧板上，接著一柄鋒利無比的小刀用有點笨拙的刀法把人參切成薄片。持刀人的刀功明顯是磨練不足，參片切出來厚薄不一，但這不影響之後的工序。切了片後再切成絲，再變成粒，被分屍的人參轉眼間就被扔進一個藥缽中，接著被磨成人參末。

「真是浪費，雖然這不是最好的那兩株，但一株靈氣十足的人參竟然是用來磨末，真有種暴殄天物的感覺。」把參末全數倒進大碗公後又攪拌了兩下，看著完成了一半的東西，芙蓉撇了撇嘴有點不太滿意。

她不得不承認入廚是一門很高深的技巧活，熬藥還難不倒她，試過好幾次後她大致確認了自己只要不用仙界那些上千年的珍貴天材地寶，也不用需要法術靈氣控制的丹鼎，那麼即使熬煮過程由她親手處理也不會發生過去的炸爐事件，測試出這樣的結果來，芙蓉也不知道自己該笑還是該哭。

不用法術、不用丹鼎煉出來的能叫丹嗎?把藥材分次倒進水中煮誰不會!煮出來的東西無一不是黑色就是棕色，雖然好像有一次煮出了偏綠色的藥汁，不過這些成品總算沒有把她的煉藥工具腐蝕溶化了。

不過芙蓉心底還是有一點點夢想的，仙人煉丹成丹時的七彩雲霞、千里藥香、圓潤有光澤的丹體，全都是她一直夢寐以求做到的，現在面前這鍋黑漆漆的藥汁怕是煮乾了也不可能出現上述的效果，事後還得費力的去把鍋子擦乾淨。

黑色的藥汁沒什麼可以做變化的，芙蓉只能把對丹藥美觀外表的期待放到送藥的東西上。潼兒先前提供了一些現成的涼果，但是用現成的滿足不了芙蓉，所以她決定自己做。

就是這個決定讓她得知自己沒有半點烹飪天分。

「我就不信弄不好……」芙蓉狠盯著那個大碗公，剛才的人參末摻進去後其實只要弄凝結就好了，畫糖花她自問是不用考慮的了，而且糖膠中摻了東西也畫不出好看的糖花，所以她打算把這碗人參糖膠凝結成一顆顆就好。

弄成一顆顆的，沒難度了吧!

事實證明她太天真。

噴出凍氣的符令芙蓉會弄，這種小法術難不倒她，只是要把糖膠凝結得好看又恰到好處就是一個大挑戰了。弄了半碗糖膠，芙蓉也沒成功弄出一個狀似圓形的。

「芙蓉，我進來了喔！」

房門傳來敲門聲，潼兒喊了一聲後打開門，迎面撲來的藥味令他不禁皺眉，然後臉色大變。

「我不是說等我回來熬藥就可以了嗎？」

明明是同一個房間，同一堆煮食用具，但由芙蓉動手操作總是會給人驚心動魄的壓力，那鍋藥汁上浮上的泡泡為什麼好像比平時他熬的要多，質地也格外的黏稠？那當中到底加多了什麼！

潼兒不敢也不想問，但想到這東西等會是端給李崇禮喝的他就良心不安，總覺得一個好端端的人喝了這東西會發生什麼事似的，完全像活體實驗一樣，所有反應都是未知數。

還有，芙蓉面前那個飄著白色氣體的東西是什麼？她到底在弄什麼！

「舉手之勞，潼兒你也很忙的，這些簡易的事我來就好。」

「不……我喜歡忙碌，芙蓉妳把這些交給我忙碌就可以了。」

「我在你的聲音中聽出了不信任。」

「妳到底在弄什麼？」

「人參糖球。」

「但妳手上的……」看不出來呀！實話潼兒不敢說，她知道芙蓉已經努力過了，那坨以詭異形狀凝結的東西已經是她用最大努力去做的了。

「算了。剩下的潼兒你弄好了，我要看火了。」芙蓉投降了，她也不是逃避現實，只是那鍋藥汁也真的熬好了，再由得它燒下去就要乾得沒剩一碗的量。

把藥隔了渣，得出一碗比墨汁還黑的東西，盛載的器皿也是芙蓉私人提供的碗，用上等白溫玉雕成的玉碗，但白色的碗透視著黑色的湯汁，效果變得怪可怕的。

托盤、餐具全都很雅致，只是盛在裡面的東西令人不禁覺得讓這些精緻的盛器失色了不少。一碗飄盪著濃濃藥味的黑色湯汁，一小盤看不出是什麼的黃金色物體，當芙蓉指使潼兒拿著這東西走過渡廊時，也覺得被人看到的話有點丟臉。

這些東西的賣相真的很不好。

「潼兒？」頭上仍包著布條的歐陽子穆路過，很自然的他先喚了潼兒打招呼，自從他知道那天是被潼兒扛著躲到李崇禮那裡才避過刺客後，他對潼兒的態度越發的和藹可親，出沒在正苑的次數

也增多了不少。

像是現在，李崇禮明明已經交代說了讓他休息，頭上的傷沒好都不准操勞，但他還是天天三不五時就跑來，而且碰巧遇上芙蓉或是潼兒的機率異常的高。

潼兒這個沒機心的孩子對歐陽子穆的戒心可是越來越少了，芙蓉也覺得自己想太多，這個青年是不是真的把潼兒看作是小妹妹了?好懷疑呀……

「這些是……」比了比潼兒手上托盤中的東西，那賣相令歐陽子穆不禁皺起了眉，藥汁就算了，那坨金黃色的東西也太醜了，即使到外面買最便宜的糖果也不會看到樣子差成這樣的。

「是芙蓉姐造的人參糖球。」

「哦……原來是糖……球。」

芙蓉想摀住潼兒的嘴已經太遲了，歐陽子穆看向那坨糖塊的眼神讓芙蓉想立即找個洞躲進去，著實是有點丟臉的，所以她已經先下手為強的把最後經潼兒手造的那些收了起來，要是兩種放在一起，她會覺得更羞恥。

東西吃進肚子後都會變成同一個樣子，現在造得不好看又有什麼關係!

芙蓉在心裡泣血吶喊，臉上的表情也不怎麼好看。歐陽子穆和芙蓉平日雖然沒什麼交流，幸好他察言觀色還是很在行，一看芙蓉的臭臉，歐陽子穆就知道自己的問題正中了芙蓉的痛處。

中饋不在行不是罪過，王爺中意就無所謂了，歐陽子穆真的是這樣想的。

「送去給王爺的吧？別耽誤，快去吧！」

潼兒點頭先走一步，但芙蓉卻仍站在原地看著歐陽子穆。

「歐陽大人不會無緣無故跑來，你又送了什麼信給王爺了？」

潼兒不在，歐陽子穆的笑臉收斂了不少，面對芙蓉的問題他只笑而不答。

「王爺需要休息，宮裡那些亂七八糟的事勞心傷神呀！」

「芙蓉姑娘說得是，只是事情一天不解決，王爺也都會操心下去。」

對於芙蓉這姑娘在王府的位置，歐陽子穆實在拿掐不準，似乎和府裡的傳言有點出入，這少女不太像是王爺將會收房的丫頭，她有時候的氣勢似乎要比王爺更強，活像在宮廷中打滾久的那些姑姑級的老宮女，那態度和她的年紀給人十分矛盾的感覺。

「真是麻煩。」

那天的「刺客」事件後已經過了幾天，頭兩天宮裡來的御醫趕也趕不走的日夜輪值守在李崇禮身邊，害芙蓉只得趁著半夜三更四下無人時偷偷潛入李崇禮的房間，連一丁點聲音都不敢發出的將熬好的靈藥灌入一個成年男人的口中，若被人斷章取義說出來她要丟臉丟出九重天了。

御醫留下的方子自然是被芙蓉沒收再加以更改，灌了李崇禮兩天，又在他的房間布了個淨化的法術，雙管齊下才讓他看起來無甚大礙。

但靜養最忌勞神，偏偏現在宮廷的情況又不能掉以輕心。

每一天李崇溫府中的人都會送信來，那些像是謎題的信件，芙蓉見一封就想燒掉一封。

李崇禮每次讀完信也都會一臉的眉頭深鎖，他沒有刻意在她或是潼兒面前收起那些信件，只是即使可以隨便看芙蓉也看不下去。

上面的遣詞用字多看幾眼都會令她昏昏欲睡，什麼為兄得知賢弟氣息漸佳甚感欣慰，簡單的說出來不可以嗎？而且字裡行間又用些隱晦的文字交換著對現在情勢的意見。

其實寫得再隱晦，萬一信件流了出去，別人一看還是看得出內藏什麼乾坤。

「芙蓉姑娘等一下會陪著王爺嗎？」

「怎麼聽你這句好像話中有話似的？」

「最近孫將軍和府中也有來往，王妃剛過世，將軍要是知道芙蓉姑娘在王爺的身邊，恐怕……」

「恐怕什麼？」芙蓉一時聽不明白，疑惑的看向歐陽子穆，但是後者沒有再說下去，只是眼神難得有點尷尬似的別開臉，還掩飾般的咳了一下。

芙蓉刷的滿臉通紅，她記起了上次歐陽子穆在場時李崇禮拉住自己的一幕，這個歐陽子穆現在這樣說絕對是徹底的誤會了！

冤枉呀！芙蓉在心裡大喊，正想要解釋，但歐陽子穆卻擺出了非禮勿聽的表情，正色認真的交代她萬一孫將軍刁難的話該怎樣應對。

她越聽臉越紅，自己明明和李崇禮什麼都沒有，怎麼這些凡人就老是把她和他湊在一起啊！而且歐陽子穆囉嗦起來跟三姑六婆有得拚，被他說了將近大半刻鐘，芙蓉才得到自由。歐陽子穆說夠了後，芙蓉飛也似的拔腿狂奔，在去李崇禮那邊前她要先冷靜一下。

她現在臉上一定很紅、很不自然，不要說被李崇禮看到不好，光是被潼兒看到，那個單純到極點的仙童非常有可能會天真無邪的問她發生了什麼事。這叫她如何解釋？

冷靜下來，也覺得臉上的熱度已經退下來，芙蓉才走向李崇禮的寢樓。朝兩個守在寢樓前的侍衛打了個招呼，一進去剛剛好看到李崇禮皺著眉把那碗藥喝下去了，現在擦著嘴，眼睛看著那坨人參糖十分疑惑。

「樣子難看也得全部吃下去，我沒造得很甜。」

「芙蓉妳做的嗎？」

「怎麼？這東西一看就知道是我做的嗎？」

「……」

「你的沉默讓我覺得很不爽。」芙蓉嘴角抽了抽，連李崇禮都給予沉默回應太打擊她了！她只是弄不好球狀的糖果，又心急的把還沒完全冷卻的一坨坨不規則的糖球放在一起變成一大坨而已！

「只是我沒吃糖果之類的東西很久了……」

「不愛吃你也得吃，現在就咬一坨吃下去，正好去去湯藥的苦味。」

「芙蓉，這東西咬不動，我想得用鑿的才行……」潼兒中肯的提出意見，剛才他已經嘗試過「處理」這坨物體，可是出盡了九牛二虎之力，他也扳不開已經凝結成一大塊的糖塊。

「我就知道！我做出來的就是有問題！吃這個吧！」芙蓉認命了，同樣材料做出來的東西，經她的手和經潼兒的手就是有這麼大的分別。她在袖子中摸出一個小油紙袋，倒出幾顆一個小指指節大小的糖球，全數有著漂亮的球形外表，顏色和那坨東西一樣，但形狀不同就讓人覺得可口多了。

「這個就可以了。那邊的，潼兒拿去讓人用鑿子鑿成小塊就好。」李崇禮笑了笑，糖球是漂亮多了，但想到那坨不好看的糖塊凝結物是芙蓉親手造的，莫名的感覺心頭一暖。對方一番心意看顧自己，再嫌三嫌四就是自己的不對了，而且那東西不是不能吃，只是樣子不好看而已，不管芙蓉出於什麼理由親手造給他吃，他心裡覺得有暖意就好。

潼兒領命出去處理那坨糖塊，而芙蓉硬要李崇禮張口，然後飛快的給他塞了一顆糖球，看到他無奈的表情，芙蓉不禁有些得意。從東嶽帝君身上得到的怨氣她一直無處抒發，只有在李崇禮那張像極東王公的臉表現出無奈的表情時，她才感到抒了一口惡氣。

這想法很扭曲，她也懷疑過自己有點變態的傾向，但沒辦法，誰叫東王公和東嶽帝君都是一樣永遠就只有一個表情，只是一個微笑、一個冷面。

沒辦法讓本尊的表情有所改變，那就讓相像的分身多做點表情滿足一下好奇心也好。

但這好奇心滿足得有點後遺症，她才想像把李崇禮剛才的表情套到東王公身上，竟然順便把上次她塞參鬚給李崇禮吃時觸摸到頭髮和臉頰的畫面一同聯想起來。

芙蓉是個想像力豐富的人，這一想，上次她一手扶著腦袋一手抵著人家嘴唇的畫面對象變成了東王公；這一想，她覺得臉上的躁熱比之前還猛了幾倍……

糟糕，她一定是心理變態了！竟然想像出那樣的畫面！萬一被東嶽帝君知道她這樣褻瀆東王公，她一定不只被抓到地府住這麼簡單，應該會被扔進地獄去住了！

臉上一熱一冷，臉色轉紅又霎時轉青，大熱天的芙蓉連冷汗都冒出來了。走了幾步給自己倒杯茶，順了口氣才又回到李崇禮床邊，芙蓉嚴令自己不要再胡亂想像了，搞不好自己一時貪玩的想像力，就害自己陷入地獄之旅。

兩人相對無言，李崇禮因為剛才被餵了一顆糖球而有點尷尬，原本因為身體不適的臉色仍留著淡淡的紅暈。他不出聲，假裝看著手上的書，但很快就被芙蓉抽走了。

「看書傷神呀！」把李崇禮用來打發時間的書拿走，芙蓉眼尖看到了他手邊不起眼處有一封已拆過的信封，應該就是剛才歐陽子穆送來的信。

已經看過的信就放在一邊，芙蓉雖好奇但還沒過分到不問自取。即使看不到字跡，但信是誰寫來的也沒幾人可以猜了。

「李崇溫又寫信來說什麼了?做兄長的明知道你病中就多承擔點，現在是他想當太子，勞力自然要多付一點嘛！」

李崇禮嘴中含著的糖球還沒完全融化，一開口糖球差點就掉下來十分狼狽，芙蓉見他尷尬，本著好意別開視線讓他不那麼尷尬，但卻加深了此地無銀三百兩的效果。因為尷尬過頭，李崇禮的臉色一下子好看多了，非常紅潤。

「這次不是二皇兄寫來的，是孫將軍的信。」很不習慣的把糖球放到一邊臉頰，李崇禮別開臉只說了這句。

他現在一定巴不得狠狠的咬碎這糖球吧！

「真是稀奇呢！他找你什麼事？」

孫將軍那天進了宮交代了事情，雖然汝王李崇文是到過他府中才出了事，但是沒有實證指明是將軍加害，有心栽贓的人也來不及動手腳，所以將軍的嫌疑消除了。可出宮後將軍卻沒再來看李崇禮，聽說他還在找那個他收留過的「孫明尚」，似乎已經認定對方是用迷香和易容的高手刺客。

這樣也好呀！芙蓉不負責任的想，若孫將軍也是靈感強一點的人察覺出什麼奇怪的地方，要善後就麻煩了，也幸虧將軍在沙場多年一身殺氣，才沒有被變成鬼魔的孫明尚影響太多，身子也壯得沾到邪氣還能像個沒事人般四處跑。

這方面芙蓉真想李崇禮多仿傚一下。

地府那些主子們辦完事拍拍屁股就走了，這陣子除了多見到幾個因為中元節而出勤的鬼差外，已經沒再遇上那些大人物。似乎抓了孫明尚後，他們就功德圓滿全撤退了。

然後爛攤子還是讓她來收拾嗎？

那天如果不是帝君阻止，那個女妖已經被塗山收拾掉了吧！這樣一來事情也就完結了，偏偏帝君讓塗山住手放了那女人，但又沒好好的管下去，不負責任！

李崇禮還是不肯邊吃東西邊開口，他乾脆把信拿給芙蓉自己看，芙蓉一看說看明白了。這封信比李崇溫寫的容易明白得多，字裡行間沒有彎彎轉轉的修飾，內容很清楚明白的問李崇禮是不是有意要爭。

爭什麼？自然是太子之位了！

芙蓉看得滿臉黑線，孫將軍雖說從軍多年個性不拘小節，一向有話直說，但信裡的內容也太過明目張膽了吧！被人撿到治一個結黨營私、以下犯上、圖謀不軌的大逆罪名也可以了。

「他是故意這樣寫的嗎？」

「將軍以前也是這樣的。」好不容易把糖球解決掉，李崇禮從芙蓉手上收回信函。「雖然我沒打算爭，但現在二皇兄已經對上四皇兄，我這個被視為二皇兄同陣營的人也得出份力了。」

「你不要告訴我所謂的出力是想要無視現在需要靜養的狀態，跟我說你要進宮呀！」

李崇禮沒有回答，也沒有點頭，只是維持著那堅決的眼神，嘴角微微的牽起一抹淡淡的苦笑。

那是無可奈何的笑容。看得芙蓉覺得異常礙眼。

「擺這個表情也沒用的，說過我讓你吃就吃，睡就睡，不准進宮去！現在塗山不知跑去哪了，難道你出門讓我跟著嗎？遇到上次那女人我打不過的，穩死無疑！」

芙蓉站起身，氣勢凌人的雙手抱胸，一張沒多少殺氣的精緻臉龐擠出她自認為最凶惡的神情，可惜她越是刻意就越像一隻紙老虎，嚇唬潼兒也許能讓他憶起炸爐等不快往事而心生退怯，但對李崇禮這個見慣場面的皇子就沒多少用了。

在宮中，他什麼惡劣的人性和事件沒聽過、見過？真的要說，他也是嚇大的呀！

芙蓉顧著瞪眼裝凶，李崇禮維持著一貫的微笑，雙方看似爭持不下，但很快的，性子天生缺乏持久耐性的芙蓉，凶狠的表情就崩了一角。

「你有不滿去和塗山說呀！是他跑了出去沒交代又沒說什麼時候回來。我真的不能把你的安全拿來冒險呀！」

狠不下心裝凶到底，只好退而求其次動之以情，用現在的難處曉以大義，首先就是先把責任推到此時不在場的塗山身上，反正人不在也無法辯解。再說這也是事實，起碼讓李崇禮把進宮的日子延到塗山回來後也好呀！

她的理由都說光了，但李崇禮還是很堅持。

「不行呀！現在是七月中元節，又越來越近中旬了，連我也不想出門去呀！」

李崇禮還是沒說話，只是垂下了眼像有點累似的。見他這樣，芙蓉有點心軟，自己剛才說要讓他靜養，現在卻是自己在花他的精神，簡直就是抱個石頭砸自己的腳。

口風有點鬆動，但她又真的不想放李崇禮出去，上次她也是做了準備才探將軍府，結果要不是二郎真君主動跑來，她一定不會有好果子吃的。

她都有點自顧不暇陷入極危險的境地，帶著李崇禮在身邊更不能掉以輕心。待在王府最起碼有個好處，雖然地府眾人不負責任的一去不回，但至少在王府正苑的結界上有點貢獻，上次她和塗山設下的結界被打破，但由秦廣王和轉輪王做的總不會這麼簡單又被戳破了吧！

芙蓉忍不住想看看李崇禮投降放棄了沒，卻發現他仍是那個樣子，意外的堅持。

「到底是誰教你用這樣的表情看著我的？你就知道我會心軟的嗎？」芙蓉有點自己輸了的不甘感覺，她就是不想看到這樣堅持又無奈的表情，但要她用更凶悍的態度，她又做不出來。做好人也不是，做壞人心又沒那麼狠，進退兩難，連臺階都快要找不到了。

李崇禮輕輕搖頭，手伸到芙蓉旁邊，猶豫的頓了頓後，還是拉過了她仍包著布條的手。

「那天妳的手受傷了，到今天妳仍然用布條包著。我問過潼兒，他說這樣不尋常，傷口不應該這麼久都不好。」他的動作小心翼翼，像是怕這樣的碰觸也會弄痛她似的。

「你別聽潼兒亂說，小仙童懂什麼呢！」

他的碰觸讓芙蓉不懂得要如何反應，手被他輕輕拉著也不知道該抽回還是由得他。

抽回手嘛，似乎覺得對他好像很殘忍、很見外又生分，她自問不想這樣做；但是不抽手嘛，她又覺得太過親密，上次他拉她的手腕時有衣袖相隔，這次是真的手碰著手，他的手溫她清楚的感覺到，而他也一樣。

於禮不合。被外人看到，恐怕很難解釋得過去。

芙蓉在心裡怪潼兒多嘴，早已說過她的手沒事，也差不多要全好了，何必去特地提起，難道非得要特地說自己做了什麼什麼，讓別人來多謝嗎？

她的手受傷還真的是自己腦殘的結果。再說……她現在真的覺得很尷尬。

「潼兒不是亂說，如果是小事，妳就不會到今天還包著這右手。」說完，李崇禮沒問過芙蓉便動手拆了布條的綁結，長長的布條鬆開，在那之下還沒褪掉的紅疤和一、兩道剛結痂的傷口暴露在兩人的眼前。

「看，都已經快好了。這也不是什麼大事吧？」心一驚，芙蓉縮回手，雖然已經被看見那些傷痕，但再被細看她就不願意了。

手上的傷口其實已經不會痛了，只是癒合較慢，幾天下來才讓全部傷口結了痂。因為她的手是潼兒幫她換藥的，所以潼兒對傷口的情況知道得很清楚，那多嘴的仙童一定是把她的現狀和過去在仙界受點小傷的情況做了比較，也不會說點善意的謊言就直接告訴李崇禮了吧！

疤痕早晚會消的，芙蓉沒擔心過會留疤的問題，再說真的留了疤，她去找盒凝香玉膏或是更高級的美顏聖品多塗幾次也就沒事了。

再套句天將們最愛說的話——疤痕就當是戰場上的勛章好了。

「本是不該受傷的，不是嗎？」

可惜，李崇禮和芙蓉是處於完全不同的成長環境，在他的認知裡，如花似玉的女孩子都應該養在深閨，不該以身犯險受這麼嚴重的傷，留下疤痕更是不應該的事。而且孫明尚的事帶給他的愧疚感還沒有過去，連芙蓉的手都這樣子了，叫他如何能安心？

芙蓉發現李崇禮看著那堆布條的眼神有點不太對勁，如果要比喻，芙蓉會說之前李崇禮眼中的火苗小小的，是文火，而現在卻有演變成熊熊烈火之貌，以李崇禮一向的表現這不尋常。

芙蓉自己胡亂把手先包好，拖了張椅子到李崇禮面前，決定要好好的開導他一下，免得他朝牛角尖的道路進發。

「不太對，這傷是我自己不小心弄到的，好像扯不到你身上吧？」

想來想去，會受傷是她腦殘用自己的手去試李崇文身上的黑氣有多厲害，再往上推想，李崇文又不是李崇禮害的，李崇禮自己也是受害者呀，為什麼都這樣了還要把事情往身上攬？

「但我總覺得是自己連累著你們。」

「錯覺！」芙蓉豎起食指搖了搖。「你這話說得真生分，好歹你是本姑娘下凡來第一件工作的目標對象，你硬說自己在連累人就是說我辦事辦不好，處理失當才讓你連累人了？」

真的要說連累，芙蓉可以肯定的說連累她、設計她的是九天玄女！只有那個連想什麼都沒人猜得出來的女人，才會這麼狡猾又無良的設計她，然後看著她被捲進這麻煩的事件！

一切都是九天玄女的錯！玉皇的錯！王母的錯！東王公的錯！

芙蓉自顧自的在心裡罵著把她趕下凡的罪魁禍首，一時忘我得連李崇禮還在她面前都忘了，只顧著碎碎唸。

李崇禮一陣失笑，這下子剛才的話題肯定接不回去了。

「妳知道我想說什麼的，芙蓉妳很聰明，現在我應該做什麼事情妳也很清楚，我早晚得進宮去的。」

「既然可以遲一點就遲一點吧！」芙蓉接話接得飛快，一雙大眼賊賊的轉了轉，很明顯表露出剛才她是有心岔開話題的。

「朔望入朝，離望月不遠了。」李崇禮輕嘆一聲靠回軟枕上，想著過幾天就到的望月大朝。

「等那天再說。」芙蓉不肯確實答應，還有幾天什麼事都可能發生，雖然李崇禮的態度是勢在必行，但為什麼偏偏是七月，偏偏是中元節！

想到這個她最討厭的節日，芙蓉打了個寒顫。望月是每月十五日，而此次望月大朝正是七月最熱鬧的一天——中元節，她真的不想這種時候放李崇禮出去呀！

※　※　※

留下李崇禮睡下休息，芙蓉和去鑿糖膠的潼兒說了一聲後，她又窩到房間打理她的植物了。

降低了聚靈陣中靈氣的強度後，芙蓉再也養不出那種會動的人參了，退而求其次她養了一些其他的普通貨色，當藥材來用已經算是極品。

幫幾盆植物拔去雜草，芙蓉伸了伸懶腰又轉向內室，那邊她放著幾個大花盆種著大型一點的植物，處理完那些後，或許她可以在躺椅上休息一下。

如果還有躺椅的話。

在半人高的植物群後的躺椅上，多了一件障礙物，一個人的形狀。

癱在那邊的會是誰，芙蓉在那淡淡的氣息中已一清二楚，看那呼吸起伏有序，應該是沒有被她剛才弄出來的動靜吵醒。到底有多累才可以睡到這樣沒知覺？

「塗山！」芙蓉掀起那堆在人影物體上面黑漆漆的衣服，那衣服難得有股不太好聞的味道，以塗山平日對外表的注重，很難想像他不但和衣而睡，衣服還很明顯幾天沒換！

現在是盛夏，小暑也已經過了，怎麼可能忍得了一天不換一次衣服！

芙蓉忍著放把火將臭衣服燒掉的衝動，先搖了搖塗山，搖了好幾下連人也差一些就被搖下躺椅時塗山才睜開眼睛，一雙紅筋滿布的眼睛把芙蓉嚇了一跳，差點以為塗山誤入歧途、遁入魔道了。

躺著的塗山似乎很不滿自己的睡眠被打斷，他發出了一道不愉快的嘆息，用一隻手背遮著眼睛，幾秒後他又沒有動靜，維持著這個姿態又睡著了。

「我有種一株曼陀羅草，我保證它一被拔出來就會尖叫，你要試試看嗎？塗山。」芙蓉從房內抱來一個中型盆栽蹲在塗山旁邊，一手抓在那盆植物靠著泥土的莖部，作勢要一口氣把它拔出來。

「妳就不能讓我先睡飽嗎？」聽到是曼陀羅那種會慘叫、很煩的東西，塗山很勉強的翻了個身撐著坐起，除了那雙明顯缺乏睡眠而布滿血絲的眼睛有夠恐怖外，那頭長髮也睡得亂糟糟的。

芙蓉有點走神的看向塗山的頭，是說他的頭髮原本就是這樣不夠柔順像鐵絲的嗎？那他平日到底是怎樣打理頭髮才會顯得閃閃發亮又飄柔的？

塗山坐起身後很快就受不了自己身上的味道，站起來把芙蓉趕到屏風外面，芙蓉不依他連話都懶得說，他便直接扯開自己的襟口露出大片皮膚。

「我現在想洗澡，妳想參觀嗎？是的話我也不介意，但之後妳別說是我害妳長針眼的。」

「下……下流！」

芙蓉尖叫著把手上的曼陀羅盆栽扔了出去，幸好塗山有伸手接著扔到一旁，不然那株曼陀羅真的要叫了。

被趕到屏風外的芙蓉尷尬的聽著不知何來的水聲，然後看見屏風後冒出了好些蒸氣，理論上她

應該出去避一避的，但她怕轉頭回來塗山又不見蹤影了。

「你到底是跑到什麼地方幾天不回來，一回來就是這個糟糕的樣子？」

「我也想回來，不過被好幾隻鬼魔追著跑，要不是今早遇上老朋友，我也脫不了身。」

「上次遇上鬼魔，你不也是兩三下手腳就解決了嗎？」

芙蓉問完後良久沒得到回答，屏風後半點水聲也沒有，在她懷疑等一下會發生狐仙溺斃在澡盆中的家居意外時，終於又傳來了水聲。

水聲很響，應該是有人從澡盆中走出來。一陣布料的細碎聲響過後，塗山頂著濕漉漉的頭髮從屏風後走出來，除了因為還沒乾而披散的頭髮外，塗山現在的外觀回復了平時的樣子。

「妳真應該見識一下，姬英竟然能讓她手下的鬼魔擺陣法，真是難纏。換了是妳，能輕易的擺脫那種東西嗎？」像是回想到苦戰時自己的慘狀，塗山的臉色沒有多好看，非常的凝重。

「我說塗山你的頭髮原來真的是不打結的嗎？」

「妳是不是完全弄錯了該關注的地方？」塗山真想一掌打下去，大氣吸了又呼、呼了又吸，才忍了下來。

「因為你的問題完全是白問的，連你都招架不來我會擺脫得了嗎？」芙蓉回得理所當然，也十分不長進，連做做樣子說會試試盡力都沒有。

「真怪不得妳會被踢下來……」

「你說什麼？我還沒說你呀！就當你是不得已才幾天沒回來，現在回來了就得好好勸勸李崇禮別去上朝了！」

「這部分交給妳。我本來是想睡一下再出去的，現在既然醒了我也不想浪費時間。」

「等等！什麼叫交給我！現在外面有沒有危險也不知道，他要進宮你應該陪著吧！」

「走不開，我要把姬英找出來。」

「但……」

「芙蓉，妳的工作本來就是保李崇禮渡過這一劫，而不是把他關在府裡養過世吧？他有事情覺得一定要去做，妳的工作不是阻止而是從旁協助吧？」

塗山的話讓芙蓉找不到反駁的詞句，她是不是要重新檢討自己的做法了？

十一
仙界最強女仙
也來了？

七月十五日的清晨，天未亮雞未啼時，芙蓉有點不情願的從床鋪中爬起。今次她和一眾丫頭們差不多時間起床，可惜她想以勝利姿態踹醒潼兒的期望仍是落空，她再早也還是比潼兒遲起來了。

「為什麼你可以這麼準時爬起床呀！」

梳洗換裝後，芙蓉從丫頭的住處趕到正苑，潼兒和幾個小廝已經打理完畢李崇禮的近身事務，手邊已經閒下來了。幾個小廝平日是不待在正苑中的，每次做完手頭的活後就會離開，現在也一樣，打點好基本的一切，接下來就是潼兒和芙蓉的工作。

在外人眼中是這樣，不過芙蓉來到後，第一件事是坐下來摸了個給李崇禮墊肚子的包子配著茶吃了。

「生活作息要有規律呀！芙蓉昨晚熬夜很晚睡吧？」已經見怪不怪的潼兒一邊做著自己的分內事一邊說，他記得昨晚睡覺前芙蓉也還沒回來，應該大半晚都還窩在那個滿是盆栽的偏屋中不肯離開。

「嗯，都三更天才睡下的。」

「然後沒睡到一個時辰又要起床了，那妳乾脆不睡不是更好？」

「說得也是！下次我會這樣做的。」

身為女仙，芙蓉得天獨厚的沒有因為熬夜而在臉上留下黑眼圈，也沒有冒出痤瘡，不過人卻由於睡眠不足和天氣的關係顯得加倍懶洋洋。

「以前在東華臺時也沒見妳愛熬夜呀！」

「嘖嘖！你以為我喜歡熬夜嗎？只是今天要跟著李崇禮進宮，我自然是要多加準備了。」芙蓉咬了一個包子後又挑了兩個甜糕裹腹，還好李崇禮已經吃過一些了，不然他等會什麼都沒得吃。

「熬夜先寫好召喚救命草的短箋嗎？」

「這個當然！但還是要有幾手準備。」芙蓉自傲的抬起頭手一揚，幾個黑玉瓶子出現在手裡。

潼兒無言的看著那些殺傷力驚人的瓶子，他不敢細問下去裡面裝的是什麼，問了若芙蓉說要示範，又會多了幾分麻煩。只是不知道這些是昨晚芙蓉新鮮製造的，還是過去留下的存貨。

想到是前者的話，潼兒不禁全身的寒毛都豎了起來，他都不知道芙蓉已經進化到可以無聲無息製作出大殺傷力的武器，而且竟然沒有炸爐的跡象？

那天被塗山提醒過該做的事應該是什麼之後，芙蓉稍微反省了一下，對李崇禮堅持要上朝的事也沒有之前那般強烈反對了。她想或許也該給自己多一點信心，雖然事情很麻煩又複雜，但她也要踏出一步，最多事前準備多點後手就好。

出門的一切準備就緒後，芙蓉隱身起來跟在李崇禮的轎子旁一同進宮。

一想到那個女妖本人或是她的手下會突然冒出來，芙蓉就感到一步一驚心，袖子下的手早已把求命短箋緊握著，有什麼風吹草動立即就呼叫幫手來助陣。

※　※　※

在宮門前下了轎，從府裡出來的侍衛都得在宮門外等候，李崇禮身邊只跟著隱身的芙蓉。太陽還沒出來，但今天的天氣卻沒有多清涼，無風的狀態實在讓人覺得很悶熱。天色未亮，宮中仍點了不少宮燈，但是淡黃的燈火尚不足以把森冷的感覺驅散，令人有一種壓抑的不適感。

「所以我說我不喜歡七月出門呀！」

芙蓉嘀咕的抱怨了一句，今天是七月十五鬼門大開之日，天未亮，四周已經遊蕩著不少從陰間上來的鬼魂，雖說這些鬼魅剛上來多待一會就懂得自己去找祭品之類的東西，但想不到連皇宮內也能看到這麼多，什麼東西數量多起來還是令人心裡發毛的。

芙蓉搓了搓手臂，試圖平復一下冒出來的雞皮疙瘩，雖然心理上在抗拒，但她還是小心的留意著不讓這些鬼魂太過接近自己和李崇禮，一有太接近的她就出手把它們彈開。

「你撐得住吧？」

記得李崇禮的靈感不弱，他既然可以察覺得到她隱身的位置，就等於能感覺到這些陰魂的氣息。好好的一個人，接觸陰氣過多也不好，何況是現在的他身體還很虛。

每走幾步，李崇禮本已不好的臉色就白了一分，再這樣下去，恐怕不用等到上朝，就可以讓人先抬他回去了。

「我可以的。」

李崇禮臉色是不好看，但步伐仍算穩健。路走了還沒一半，太極殿那邊已有當值太監急步走過來，看來是接到通報他拖著這破身體進宮來了。

「寧王爺，皇上吩咐奴才們先請您到偏殿休息。皇上也發話了，王爺身子骨不好，准王爺轎子宮內行走。」

「禮不可廢。」李崇禮淡淡的笑了笑，由著太監伸手扶他到偏殿去。

芙蓉閉起嘴跟在後面，在外她也不便和李崇禮說話，省得別人誤會他瘋了老是在自言自語。

臣子上朝一向都是一個個在殿上還有廣場上站著等，李崇禮也不例外，但皇上的旨意似乎是有意直接免了李崇禮的朝禮。

芙蓉不禁覺得這樣的安排有點奇怪，李崇禮臥病的情況皇上一定是知道的，宮中的御醫現在每天也會派人前來把個脈，脈案會在宮中存檔，如果真有心免他上朝，皇上早早讓人吩咐一聲即可，哪用得著這樣等人來了又派人接走，好像做給人看似的。

偏殿的房間有御前太監們小心翼翼的侍候著，剛才來傳話的太監也沒有退下，就這樣守在李崇禮所在的偏廳門前，由得來來往往的官員盯著看也面不改色。

「李崇禮你臉色的確不好，還是睡一下吧！」芙蓉小聲的跟李崇禮說。

「妳會在我身邊嗎？」他說得很小聲，小聲難以讓人察覺，恐怕隨便找人打個小噴嚏也能蓋掉他的聲音。

他的話沒有引起那些隨侍太監的注意，連要聽到這話的主角也一樣。

「嗯？」芙蓉根本聽不清楚他說了什麼。

他嘆了口氣，緩緩的閉上了眼睛。

見他閉起眼睛，芙蓉才微微鬆口氣，不管他是閉目養神也好，真的睡著也罷，總比他硬撐著精神要好得多，再說是皇帝老子讓他休息的，遵旨行事絕無問題。

只是這樣一來芙蓉就覺得自己悶極了。隱身術本來就已經讓她沒有對象說話，現在李崇禮休息了，她就更悶了。

待在偏殿中又覺得自己被那些太監盯著看渾身不自在，考慮了一下芙蓉還是決定出去透透氣。她站在偏殿外頭，基層的官員已經一排排的在廣場上站好，不同顏色的官服整齊的按司職排列，一整片紅藍綠當中看到一、兩隻飄蕩著的鬼魂，更加顯得突兀。

在廣場右側有一個泛白的人影若隱若現，芙蓉本以為也是那些趁著中元節上來的鬼魂，但打扮卻很不一樣，而且那人身下有一個淡淡的影子。

有影子就不會是鬼魂，但如果說是人，那樣的打扮不可能會讓宮中的太監還有侍衛看漏眼，只有和自己一樣懂得隱身術的非凡人之流才會穿成這樣突兀出現在太極殿前也沒有人察覺。

心中的警鈴大響，因為臨戰的緊張感，芙蓉全身的雞皮疙瘩都冒了起來，從現在的距離看過去雖然有點遠，但那人的身形似乎不太像那天見過的女妖，不過那傢伙的幻化法術也不差，光看外型也作不得準。

要去看看嗎？

芙蓉猶豫的看向白影那邊還有身後關上的殿門，如果現在把李崇禮留在這裡，不知道會不會發生什麼意外，但如果現在不追上去又可能會錯失一個大好機會。

內心交戰，這種人生交叉點讓芙蓉變得煩躁，追或不追的利害關係快速的在腦海轉來轉去，結論卻偏偏沒有哪一個特別好。狠下心做了決定，芙蓉咬了咬牙一邊用穿牆術趕回李崇禮的身邊，飛快的摸了張符紙出來，咬破指頭飛快的畫了一道符令。

符畫得很潦草，上面寫了字卻無法分辨出是什麼，但是當芙蓉把整張符令都畫完後，原本應該是鮮紅的血色卻轉眼間化成墨黑，一反一般符令都是用朱砂寫的印象，那墨黑的潦草字跡印在微微泛著米白的紙上給人的感覺格格不入。

再一次確認了符上什麼錯誤也沒有後，她小心的摺好符令，再塞進李崇禮的襟口。

芙蓉吸了口氣平復心裡的緊張，她告訴自己有了這道符，即使李崇禮身上出了什麼事她也能及時的趕到，沒有問題的。

再三確認李崇禮沒有被她弄醒，芙蓉趕緊出了偏殿，她才想追上去，那個白影卻已經不知所蹤。芙蓉不信對方可以毫無痕跡的離開，腳一蹬騰空飛起越過廣場上排列著的文武百官，來到先前發現人影的地方，那裡只留下淡淡的氣息，像是青草的感覺，不太像是妖邪一類。

芙蓉疑惑的追上去，在太極殿後又看到了那抹白色的身影，的確是沒有給她任何負面感覺的氣息，但芙蓉卻不敢就此斷定對方不是敵人。

殘留自己的氣息讓人追蹤，有一種刻意的感覺，像是極力想隱瞞自己的存在又故意放點線索，散發著陷阱的味道。

芙蓉繞到太極殿後方的宮門附近，那裡沒有前方那般熱鬧，沒有官員走動，侍衛也只有守著宮門的門衛，對比之下這裡顯得十分冷情。芙蓉走在大殿的外廊上，每走一步她都小心的留意著會不會有東西從暗處撲出來。

天空已經開始出現魚肚白，太極殿的鐘聲響起，芙蓉心裡焦急了一點，望月大朝的禮鐘響起，吵成這樣李崇禮可能會被吵醒，然後立即就會發現她不在旁邊吧？

不知道他會不會不聽話的四處亂跑？

芙蓉加緊腳步，想著要是繞了一圈還沒發現的話就趕緊回去。誰知這念頭才剛起，她繞過正殿外廊一條大柱時，那抹白色的身影就出來了。

那人遠遠的站在宮門之下，面向芙蓉的方向，一身白色的衣服還有紗帽的打扮看得清清楚楚。

「還不讓我逮到了！」

芙蓉握緊手上的救命短箋想著衝上去突擊，但才走了兩步，那抹白色又憑空消失，取而代之站在相同位置的是一個錦衣華服的少年，稚氣未脫的臉龐配上成年男子的服飾格格不入，他頭上的鑲玉珠紅絮頭冠看上去都有他頭的一半大了。

沒了小孩子應有的天真又沒有成人的穩重，處於這個尷尬的年紀特別容易產生叛逆心理。

芙蓉記得自己曾見過這個小孩裝大人打扮的少年。

那次太后召見，李崇禮帶著她和幻化成孫明尚樣子的塗山進宮，在太后宮中這個少年好像跟在哪個嬪妃的身邊，當時因為入宮的目標不是這些皇子們，塗山又直接鬧上一幕毒發身亡的戲碼，這個小皇子是什麼時候離開的她都沒有留意。

唯一知道的是這少年是李崇禮的幼弟，剛戴冠沒多久。

這位六皇子雖然已戴冠算是成年人，但是宗室皇子們的戴冠禮一向辦得早，這位皇子事實上還很年幼，既未立妃封王亦未派官職，還是個頂著大人名頭的孩子。

沒有官職，望月大朝也就不干他的事，而且太極殿不是等閒地方，非朝儀時也是不能隨便進來閒逛走一圈的。今天是望月大朝，門禁就更森嚴，朝鐘既已響起，太極殿的宮門就暫時控制出入了，除了御令特許進出的人外，一律都得在宮門外等候，直到退朝為止。

門衛阻止這位少年進宮門，他們之間的對話因為距離太遠芙蓉沒聽到，不過她覺得一方既是皇子，即使違了宗法，那些門衛能攔得了多久？

白影留下的青草氣息完全的斷絕了，那個白影好像是故意要帶出這個小皇子的存在似的，活像是什麼暗示，但芙蓉看不明白。

光是看六皇子的面相或是氣息沒什麼特別，除了看出這是一個驕縱慣了的少年之外，再無其他。芙蓉心思一轉決定走近查看一下，或許近一點在這皇子身上可以發現什麼也說不定。

走了幾步，守門的侍衛突然看向芙蓉的方向，而且臉上帶著驚訝的表情。

芙蓉一驚，心跳加速，擔心是不是自己的隱身術已經失效。

幾雙眼睛的視線看似對上。隨著太陽慢慢冒出，地上的影子也越發清晰，芙蓉不是鬼自然是有影子的，而隱身術只是一種障眼法，施術者要掩飾自己的影子其實並不難，但若是隱身術無聲無息的失靈，施術者也很難在一時之間察覺到。如果現在她真的現身了，地上又有影子，想裝成女鬼飛走也難呀！

越想越不安，芙蓉下意識轉身想逃，此時門衛卻已朗聲向某人問安。

「衛大人。」

芙蓉自問當然不是自己了，她行不改名、坐不改姓，她從沒自稱姓衛的。

只是身後什麼時候來了個衛大人，她竟然不知道?芙蓉不知怎地打了個寒顫，雖說門衛看到的不是她讓她安心了一下下，不過這一丁點的安心沒維持多久，就如同從高空摔到地上一般肢離破碎了。

是不是她的靈感出了問題一直沒好？

「微臣見過六殿下。」

身後無聲出現的人聲音爽朗，語調有禮但以對皇子的禮數來說略微傲氣了一點，芙蓉看見面前的六皇子不情願的嗯了一聲，稚氣的臉上露出一種小孩被抓包時才會出現的表情。

門衛們一起鬆了口氣，直接把他們攔下的貴人扔給這位衛大人來處理了。

「六殿下不待在宮裡，在這大清早的到太極殿來是有什麼要緊的事嗎？」

這次句子比較長，芙蓉聽罷驚恐的猛地轉頭，看到站在她身後的衛大人真面目後，她第一個反應是尖叫，但同時她又知道叫出來一定會死得更慘，所以連忙掩住自己的嘴忍住了尖叫的衝動，但腳已經邁出準備飛奔逃走了。

「別想走。」

這句話像從虛空響起，芙蓉肯定這位衛大人沒有張開口而是用法術傳話，六皇子和門衛都不知道這個臉帶和睦微笑的衛大人剛剛發出了一記多麼可怕的恐嚇。

芙蓉欲哭無淚的站在原地，不是她這麼聽話，而是對方早有先見之明她一定會逃跑，一個難解到極點的定身咒在恐嚇的同時已經生效了。

如果說定身咒的等級──最近經常被人這樣對付的芙蓉敢說，現在下手的衛大人比東嶽帝君下手還重，她現在連想轉轉頭、張張嘴都不行了。

張不開口說不了話，但沒有人能阻止芙蓉在心裡悲嘆。

一邊欲哭無淚、一邊在心裡埋怨今天是中元節，是大大不吉利的日子，出門已是不利，還跑進宮裡送羊入虎口。

「我是白痴，我真的是一個大白痴呀！」芙蓉自怨自艾的心聲沒人搭理，她只能眼巴巴的看著這位衛大人勸著六皇子先回去。

「我不回去。為什麼就我不能上朝了？」

「這問題殿下應該親自向皇上詢問，不是下官能僭越解答的。」

「連你這小小武官也不把本王放在眼裡是不是？」

「絕對沒有這樣的事呀！六殿下是皇上鍾愛的皇子，沒有人敢不把您放在眼裡的。」

芙蓉覺得這個少年大概要倒楣了，聽這衛大人說話字面上十分恭敬，語調也算抓不出錯處，只是那個表情任誰看到都會覺得心裡不爽。

那個笑容虛情假意到極點，看多了還有可能會令人失去自制力把拳頭揮過去，不過前題是你不怕對方還手兼追殺到天涯海角。

像是芙蓉，以前就試過因為頂嘴而遭到慘絕人寰的報復。

六皇子少年心性耐不住衛大人暗中的嘲弄，他氣得臉都紅了但又不敢發作，狠狠的瞪了衛大人幾眼才忿忿不平的轉身離開。

不知道他是回後宮找母妃哭訴，還是等退朝後直接向皇帝投訴了，不過兩者都等同衛大人得罪皇親，門衛小心的看向衛大人，眼中帶著同情和擔心。

「辛苦兩位了。」衛大人對六皇子的瞪視視若無睹，把六皇子趕走後他轉身就往回走了。

只不過門衛看不到衛大人往回走時，手上拖行了一件普通人眼中看不見的物件。

中了定身法術的芙蓉全身僵直，後領被人抓著，雙腳蹬得直直的在地上拖行，雖然皇宮的地板鋪得平整，用料也是上等，但是芙蓉的繡花鞋也禁不住被人在上面狂拖行，因為摩擦而隱約開始冒煙了。

走了一會，衛大人才解開了一點法術，讓芙蓉可以開口說話。

「好燙好燙！謀財害命呀！」

「鬼叫什麼！妳這丫頭怎麼一個人跑到這裡來？」衛大人也不怕被外人看到疑似打空氣的畫面，手一抬，一個巴掌就賞到芙蓉頭上了。

一記痛呼，兩滴眼淚掛在眼角，芙蓉直覺頭上已經突起了一個腫包。

「就是看到有古怪才跑過來，誰知道我是送羊入虎口了。」

「妳也知道亂來會送羊入虎口，妳的腦子原來還是有用的嘛！要是埋伏的不是我是別人，我看妳連渣滓都不剩了。」

「原來真是埋伏……」芙蓉看著宮殿外廊的柱子以高速在她眼前掠過，也不知道拖行著她的衛大人到底走得有多快，大概也是動了什麼手腳都沒被人發現異樣吧？

轉了幾個彎，雖然沒有越過宮門，應該還在太極殿附近，但芙蓉已經不太知道自己所在的位置，連自己現在被扔進去的這個房間是做什麼的都不知道。

等眼睛花完了再細看一下房間，她只覺得裡面的擺設、裝潢都是金碧輝煌，一看就知道是好東西，而且這裡的採光很好，正對房間大門的大書桌不愁沒有足夠的陽光，而書桌後那個雲彩雕龍紋大屏風還有兩邊豎立金燦燦的香爐是最搶眼的擺設。

她被帶到皇帝的書房？竟然把她帶到這樣的地方來了！

芙蓉驚訝的轉頭看向後方，這才發現定身術已經解開，而始作俑者正一臉好整以暇等著看好戲的表情看著她。

不只這樣，那微微抬起的下巴、往下看的不屑眼神，和那似笑非笑的嘴角，雖然臉看上去和芙蓉知道的有點出入，但是剛才那耳熟的聲音，以及能輕易對她施了定身咒再拖走教訓的惡習，芙蓉還是認出來了。

會揪她後領拖走的找遍整個仙界也是不作他選，一定是……

芙蓉小心翼翼的退後幾步和對方試圖保持安全距離，但不幸的，對方一個閃身已經來到她身後堵住去路。芙蓉尷尬的笑了兩聲，硬著頭皮把話題展開。

「為什麼是這樣的打扮？」

什麼衛大人，芙蓉覺得這個稱呼和這個人真的風馬牛不相及，雖然衛這個姓氏是胡扯的，但比

起叫衛大人，叫衛娘娘應該更適合本身的身分吧！

她是九天玄女呀！凡間瘋傳的仙界第一美人兒呀！難得下凡來不是以天仙之姿，竟然女扮男裝去了？這是什麼詭異的情況？

甚少看到九天玄女不梳雲髻、不穿裙子，芙蓉越看越覺得不順眼，武官朝服不怎麼好看，雖然喬裝成男人的樣子少了點女性的嫵媚，但她想玄女還是愛美的，看玄女只是修飾了妝容讓人看上去中性一點外，沒有加上刀疤或大鬍子的，完美的保持著一副面如冠玉、貌若潘安的俊俏模樣。

這種小白臉的武官真的存在嗎？

「難不成妳要我混入後宮裝成嬪妃嗎？」

「沒差啦！黃帝大人那次妳也傳緋聞了，這次說不定也會傳……」說了不中聽的話，頭被打的同時連帶咬到了舌頭，痛得慘叫之餘芙蓉眼角的淚珠支持不住滑下來了。

「要是有傳也是妳這丫頭嘴碎傳出去的。」

「冤枉呀！玄女娘娘！」忍著舌頭的痛喊冤，可惜在九天玄女的淫威之下，芙蓉的澄清等同廢話了。

九天玄女似乎不太想和芙蓉廢話，罵了她幾句，要她安分顧好自己的工作後，就說要她回去李崇禮那邊，等會皇帝就會派人送他們出宮去。

芙蓉真想問清楚為什麼玄女如此清楚皇帝會做什麼，皇帝是不是早已經被九天玄女控制，現在朝廷的旨意其實都是九天玄女授意的呀？

她的怪念頭很快就被九天玄女察覺，又打了她的頭小懲大戒。

「我讓人盯著妳回去五皇子那裡，再給我亂跑看我如何教訓妳！」

芙蓉揉著頭上的包包不敢駁嘴了，面對這個陷她於水深火熱的罪魁禍首，芙蓉在腦海中想像過不少次指著九天玄女的鼻子叫罵的情景，只是當對方真實的站在她面前時，她的氣勢連升起的機會都沒有，從一開始就直直狂洩了。

我真是遜呀！

芙蓉暗暗嘆了口氣，也越發對現在的事情感到無奈了。在宮裡看到女扮男裝以御前武宮的身分出現的九天玄女，這樣說來，她潛伏的日子一定比自己下凡來還要早得多吧！至少近期沒有聽到皇帝御前憑空多了個什麼衛大人。呀……或許是她沒注意？每次一聽朝廷的事她就會心不在焉。

但不管九天玄女是什麼時候來的，這位娘娘倒是真的從一開始就在看她的笑話呀！踢她下來不說，讓她被扯進這麼麻煩的事不說，現在還沒良心的想要近距離欣賞她在凡間出醜！

芙蓉十分不忿氣，自己所做的一切變成別人的消遣感覺十分惡劣。

同為女仙，本該分外覺得九天玄女比較親厚的，但現在芙蓉正在氣頭上，竟然有一剎那覺得她最怕的東嶽帝君要比九天玄女好人。

帝君要是知道了她這樣的想法，會不會又抓住她說教？

不過他們真的有個共通點，就是喜歡先對她下定身術再折磨她！

「發什麼呆！」

九天玄女作勢又要起手打下去，芙蓉連忙抱頭亂竄，卻發現一股青草氣息悄然的出現在這書房中。芙蓉愕然的看向氣息傳來的方向，一抹全白的身影帶著一點恭敬站在書房一角，這個人在白紗下長什麼樣子芙蓉沒興趣去探討，她只是在疑惑這個人是不是剛才她在追的那個？

為什麼他若無其事的出現在九天玄女面前？

芙蓉覺得自己想通了什麼，難道是九天玄女指使這個白衣人引她出去好作弄她嗎？

「季芑，給我把她領回五皇子那裡去。」

「是的，玄女娘娘。」季芑的聲音帶著笑意，只見他把視線轉向芙蓉，伸手掀開了遮著他身形的白紗。

芙蓉肯定自己以前沒有見過這個人，也肯定這個人不是崑崙的一分子，不然他的聲音也未免太中性，而且胸部太平了。

既然不是女仙之流，為什麼一個男仙會在九天玄女手下做事？

芙蓉只顧著自己想事情，連季芑跟她自我介紹都沒有聽入耳去。

「原來魔爪已經延伸到男仙身上了呀……」

「閉上妳的嘴，不然我會在妳的欠單上加上一筆巨額的名譽賠償。」

「玄女娘娘，我們先走了。」見芙蓉張嘴想說話，季芑先行一步把她拉過，扔下一句話直直就往書房一邊的門走去。

確定出了九天玄女的收聽範圍後，季芑才鬆開手，先是說了聲抱歉才繼續帶路。

「玄女娘娘現在的身分是皇帝御前侍衛，主要是看著皇帝身邊的情況。」

「呀……是擔心有人直接把皇帝幹掉嗎？」

季芑笑而不答，而隔著一層紗，芙蓉也沒多花心思去細看他的表情，她只想著要不要開口問這個叫季苣的，剛才是不是他故意引她過去的。

應該說他的確是故意引她的，只不過引她過去被九天玄女抓住，還是引她去見那六皇子，兩者的分別就很大了。

「芙蓉回去的話，真的得勸勸五皇子暫時別出門了，看他的氣息不是很好。」

「他要是這麼好勸就好了，他堅持起來我也沒什麼辦法，只能考慮下藥迷昏他再綁在王府中。」難得有人可以給芙蓉吐苦水，也不管季苣是九天玄女的手下，不吐不快的說了一大堆，也沒理對方是不是想聽。

「那……塗山現在都不在王府中嗎？」

「要是他在的話，今天就不是我跟進來了！等等，你也認識塗山？」

「是的，我認識他。」

「他在仙界還真多朋友呀！至少這一點他沒有糊弄我。」

事實上塗山也沒說過什麼謊話，對塗山的人脈芙蓉也是佩服的，光是可以和地府的那些人物關係這麼好，已經足夠她佩服又驚訝了。

「塗山從來都不糊弄人的，也不會空口說白話。」

芙蓉聽出季芑的語氣有一種緬懷過去的情緒，越發覺得事情朝複雜的方向前進了。

塗山很在意李崇禮是她早就知道的事，但是原因為何他一直不肯說，這個季芑似乎也是知道些什麼，而且認識塗山一定有很長一段時間，不然他不會這麼肯定的說塗山從不空口說白話，完全是為他作保了似的。

轉輪王和秦廣王也認識塗山，但他們兩人不會這樣說。

這個季芑應該是知道塗山的過去，真是奇怪，狐仙和仙人之間怎麼可以生出這麼糾葛的關係呀？看這季芑白紗下的臉愁眉不展，眉毛都要糾結在一起了。

雖然芙蓉也愛八卦，但她更相信自己的直覺，自己不應該在這時間問下去，不然好像會讓什麼崩壞似的。

閉上嘴，芙蓉沉默的跟著季芑一直走。他們走過太極殿的後堂，殿外隱隱傳來大臣的叩拜聲，百官齊拜聲勢也頗懾人，但芙蓉和季芑沒有知覺般直直穿過去，眼看快要來到李崇禮所在的偏殿。

再不問就沒機會問了，好奇心讓芙蓉心癢癢的想問，但理智又在吶喊著不要問，最後好奇心戰勝了一點點，她挑了有點不著邊的問題問出口了：「你認識他很久了？」

季芑腳步頓了頓，轉過身，白紗下的臉容苦笑了一下：「很久了。」

聽完這個答案讓芙蓉真的不敢追問了，她暗自罵了自己一聲笨蛋，不就說別問的嗎？自己又要嘴殘開了口，問了得到這麼黯然的答案不如不要問啦！

芙蓉不好意思的看了看季芑，猶豫著想跟他道歉。季芑雖然笑著，眼神也是溫柔有禮，但是給人的感覺卻是帶著抗拒和很寂寞的疏離感，想是問了他也不會回答得更加詳細了。

進了偏殿，李崇禮已經醒了，皇上真的免了他上朝，讓他只管待在偏殿休息。

「我就送到這裡了，等會皇帝見過五殿下後就會讓人送你們回府，請記著玄女娘娘的囑咐，暫時待在府中別出門了。」

季芑一副準備功成身退的樣子，他的話在安靜的偏殿中響起，那些靈感不高的太監內侍們是沒聽見，但是芙蓉肯定李崇禮全聽到了。

「我盡量。雖然我也不想玄女娘娘把我的頭給扭成麻花，但有些事不是我能控制的。」芙蓉大大的嘆了口氣，這次親眼看到九天玄女出現在皇帝身邊，越想就越覺得彆扭。

「哦！不是直接扭斷嗎？」季芑失笑了一下，看著芙蓉鼓著腮的樣子，他也忍不住心情愉快了不少。

「她才不會給我一個痛快呢！一下子扭斷不及慢慢折磨來得讓她消氣又痛快呀！對了！你回去

不准跟她說我說過這些，不然她一定想辦法整我的。」提到九天玄女對付自己的手法，芙蓉才想起自己正在和她的手下說她的壞話。

「看來我也是年紀大了，剛才妳有說什麼嗎？」

「謝謝了！」芙蓉呼了口氣，季芑也是點點頭後一聲告辭就消失了蹤影。

芙蓉走到李崇禮的身邊，現下他醒著不好意思伸手拿回放在他襟口的符紙，就等回去後讓潼兒幫忙拿回來吧。

「李崇禮你聽到了吧！不是我不肯，而是仙界最可怕的女人發話了，要我們乖乖待在府中，所以今天回去後你就先乖乖的吧！」明知道李崇禮不能回答或是有什麼出格的動作，藉著他沒法反對和申辯的機會，芙蓉把話都說實了。

李崇禮沒有說話，但視線找對了芙蓉所在的方向，微微的嘆了口氣。

芙蓉也有點不好意思，這次進宮來李崇禮原本是想助李崇溫一臂之力，身體是硬撐著來的，但結果誰都沒見著就被皇帝扔進偏殿裡，朝儀不用上，甚至也見不著李崇溫，人就被送回王府了。

對他來說，今天是異常鬱悶的一天吧？

皇帝讓他待在這裡的旨意是九天玄女使法術授意的？抑或是皇帝本身的想法？芙蓉是信不過九

天玄女做事會留下任何她掌握不到的事，那不是她的作風。

本來如非天子之位的大事也勞動不了她出手，玄女既然出手了就一定是胸有成竹，上次二郎真君說什麼都不知道，但是如果再往上問一點，會不會有辦法知道什麼？

「回去之後我會好好的找朋友問一下，事情到底是怎樣了。你想知道，我更想知道。」

李崇禮微微的點頭。

兩個人不再說話，芙蓉被抓包後也不敢自己再走開，乖乖的等著接下來面見皇帝再回府。天完全亮了起來，清晨金燦燦的陽光透過宮殿上的絹紙紗透進來，整個偏廳的溫度一下子升高了不少。

七月才過了一半，皇室、朝廷、仙界、地府好像都踏入了多事之秋的季節。芙蓉只希望麻煩事可以隨著七月中元節過去，她也好解決那疊厚厚的欠單中的一頁。

《芙蓉仙傳之保鑣女仙我最威！》完

飛小說系列035

芙蓉仙傳之保鑣女仙我最威！

出版者■典藏閣
作　者■竹某人
繪　者■Mo子
總編輯■歐綾纖

製作團隊■不思議工作室

郵撥帳號■50017206 采舍國際有限公司（郵撥購買，請另付一成郵資）
台灣出版中心■新北市中和區中山路2段366巷10號10樓
電　話■(02)2248-7896　傳　真■(02)2248-7758
物流中心■新北市中和區中山路2段366巷10號3樓
電　話■(02)8245-8786　傳　真■(02)8245-8718
ISBN■978-986-271-284-9
出版日期■2012年11月

全球華文國際市場總代理／采舍國際
地　址■新北市中和區中山路2段366巷10號3樓
電　話■(02)8245-8786　傳　真■(02)8245-8718

新絲路網路書店
地　址■新北市中和區中山路2段366巷10號10樓
網　址■www.silkbook.com
電　話■(02)8245-9896
傳　真■(02)8245-8819

☞您在什麼地方購買本書？☜

☐便利商店＿＿＿＿＿ ☐博客來 ☐金石堂 ☐金石堂網路書店 ☐新絲路網路書店

☐其他網路平台＿＿＿＿＿ ☐書店＿＿＿＿＿市／縣＿＿＿＿＿書店

姓名：＿＿＿＿＿ 地址：＿＿＿＿＿＿＿＿＿＿＿＿＿＿＿

聯絡電話：＿＿＿＿＿ 電子郵箱：＿＿＿＿＿＿＿＿＿＿＿＿＿

您的性別：☐男 ☐女

您的生日：＿＿＿＿＿年＿＿＿＿＿月＿＿＿＿＿日

（請務必填妥基本資料，以利贈品寄送）

您的職業：☐上班族 ☐學生 ☐服務業 ☐軍警公教 ☐資訊業 ☐娛樂相關產業

☐自由業 ☐其他＿＿＿＿＿

您的學歷：☐高中（含高中以下） ☐專科、大學 ☐研究所以上

☞購買前☜

您從何處得知本書：☐逛書店 ☐網路廣告（網站：＿＿＿＿＿＿） ☐親友介紹

（可複選） ☐出版書訊 ☐銷售人員推薦 ☐其他

本書吸引您的原因：☐書名很好 ☐封面精美 ☐書腰文字 ☐封底文字 ☐欣賞作家

（可複選） ☐喜歡畫家 ☐價格合理 ☐題材有趣 ☐廣告印象深刻

☐其他＿＿＿＿＿＿＿＿

☞購買後☜

您滿意的部份：☐書名 ☐封面 ☐故事內容 ☐版面編排 ☐價格 ☐贈品

（可複選） ☐其他

不滿意的部份：☐書名 ☐封面 ☐故事內容 ☐版面編排 ☐價格 ☐贈品

（可複選） ☐其他

您對本書以及典藏閣的建議＿＿＿＿＿＿＿＿＿＿＿＿＿＿＿＿＿＿＿＿

＿＿＿＿＿＿＿＿＿＿＿＿＿＿＿＿＿＿＿＿＿＿＿＿＿＿＿＿＿＿＿＿＿

＿＿＿＿＿＿＿＿＿＿＿＿＿＿＿＿＿＿＿＿＿＿＿＿＿＿＿＿＿＿＿＿＿

✌是否願意收到相關企業之電子報？☐是 ☐否

✌感謝您寶貴的意見✌

✌From＿＿＿＿＿＿＿＿＿＿＿＿@＿＿＿＿＿＿＿＿＿＿＿＿＿＿＿

♦請務必填寫有效e-mail郵箱，以利通知相關訊息，謝謝♦

印刷品

$3.5
請貼
3.5元
郵票
不思議信箱
FUSIGI POST

235 新北市中和區中山路二段366巷10號10樓

華文網出版集團　收

（典藏閣－不思議工作室）